感性的形式

阅读十二位西方理论大师

杨小滨 ◇ 著

生活·讀書·新知 三联书店

图书在版编目（CIP）数据

感性的形式：阅读十二位西方理论大师／杨小滨著. —北京：
生活·读书·新知三联书店，2016.10
ISBN 978-7-108-05636-8

Ⅰ.①感… Ⅱ.①杨… Ⅲ.①文艺思想-研究-西方国家-
现代 Ⅳ.① I109

中国版本图书馆 CIP 数据核字（2016）第 027637 号

责任编辑　吴　莘
装帧设计　刘　洋
责任校对　龚黔兰
责任印制　徐　方
出版发行　**生活·讀書·新知** 三联书店
　　　　　（北京市东城区美术馆东街 22 号 100010）
网　　址　www.sdxjpc.com
经　　销　新华书店
印　　刷　北京新华印刷有限公司
版　　次　2016 年 10 月北京第 1 版
　　　　　2016 年 10 月北京第 1 次印刷
开　　本　880 毫米 × 1092 毫米　1/32　印张 5
字　　数　70 千字
印　　数　0,001-4,000 册
定　　价　29.00 元
（印装查询：01064002715；邮购查询：01084010542）

目 录

前　言

理论之树常青

　　在漫长的西方思想史的源头，的确曾有过柏拉图这样视文学艺术为洪水猛兽的哲人，立志要把诗人逐出他幻想的理想国。对于一种讲求秩序化的哲学而言，文学艺术过于琐碎凌乱，又过于蛮横无理，往往成为体系化的、清晰的思辨理念的障碍。那么，把有关文学艺术的问题整饬为一门叫作美学的哲学门类，似乎是后世思想家基本共同的方向。由此，20 世纪前的西方哲学大家，大多将美学视为其学说体系中之重要一环，如康德和黑格尔就集中在《判断力批判》和《美学》里论述各自的美学思想。但我们也可以发现，在这些巨著中，讨论到具体文学艺术作品的例子实际上是较为有限或蜻蜓点水式的，纯粹的理论性阐述占据了绝对主导的地位。一直到马克思和弗洛伊德，对文学艺术的论述（比如弗洛伊德笔下的《哈姆雷特》或达·芬奇）大致也都是各自思想体系的一个面向，是为了整体思想体系服务的，甚少出于对文艺作品及其作者或艺术家的热爱。换句话说，文学艺术对于思想家经验层面的影响几乎是阙如的。当然也有少数例外，比如马克思始终敬仰诗人海涅。但可惜的是，马克思虽然与海涅保持着亲密的友谊，也曾在文中引用海涅的诗句，却并没有对海涅的写作做出过任何强有力的论述。

到了 20 世纪，尤其是 20 世纪的下半叶，形势发生了微妙但却是关键的改变。20 世纪最重要的西方理论大师们，几乎都致力于从感性的文学艺术作品中进行理性的哲学思考。似乎只有从具体的美学观照里，抽象的理念才得以活跃、蓬勃，因为文学艺术正是生活和经验最精妙的凝聚。更重要的是，作为理论家，他们往往保持着对某位文学家或艺术家的极大兴趣，以至于比如说起海德格尔，我们就会想起他崇尚的诗人荷尔德林；说起阿多诺，我们也会立刻联想到他竭力宣扬的新音乐作曲家勋伯格和贝尔格

（阿多诺曾经跟贝尔格学过作曲）；说起本雅明，我们也会自然想到他文中的诗人波德莱尔或克利绘画的画面（本雅明收藏了克利的画作《新天使》）；说起拉康，我们也会想起他晚年对乔伊斯小说写作的深入论析（拉康很早就结识了乔伊斯），当然，还有德勒兹和齐泽克对电影所倾注的热情，拉康对超现实主义诗歌和绘画的浓厚兴趣，利奥塔对先锋派艺术的热衷与推崇……最后，我们还不能忘记作为作曲家的阿多诺，作为摄影家的鲍德里亚，作为小说家的克里斯蒂娃……这些创作型的文艺作品当然和古罗马哲学家卢克莱修用诗体写出的哲理论述《物性论》或尼采用文学化语言写出的哲学思考都完全不同。完全可以说，这些理论大师的思想在很大程度上源自于对文学艺术作品的感性体验。

更为重要的是，当代西方理论对文学艺术的阐述在很大程度上是立足于对理性秩序的质疑、挑战与瓦解基础上的。换句话说，文学艺术的优势恰恰在于其颠覆与违越的特性。理性思维如何借重感性思维，开辟出新的道路，自然是当代理论大师们共同的追求。同时，当代西方理论也特别关注文学语言与艺术形式如何自我变异的问题，或者说，如何理解和把握文学艺术的形式要素，成为当代理论的核心关注。歌德《浮士德》中梅菲斯特的名言"理论是灰色的，而生命之树常青"在20世纪已不复有效。正是在艺术的向度上，当代理论本身也充满了感性的力量，在创新求变的崎岖道路上不断探索偏远的险境。

海德格尔

在诗与思之间追寻澄明

海德格尔（Martin Heidegger），1889～1976

　　海德格尔甚至相信只有诗人才是历史的创立者和决断者。

Emmanuel Faye

HEIDEGGER

The Introduction of Nazism into Philosophy

translated by Michael B. Smith

foreword by Tom Rockmore

海德格尔在 1914 年曾经写道：一场"地震"撼动了他。这次思想地震指的不是一次大战的爆发，而是他在阅读中第一次遭遇到了当时正被时代重新发现的百年前的诗人荷尔德林（Friedrich Hölderlin）。自此，荷尔德林成为海德格尔毕生最钟爱的诗人。不过，直到在 1934 至 1935 年的大学冬季班上，海德格尔才开始正式讲授荷尔德林。毋庸讳言，在他当时（相应于时代）的思想脉络下，海德格尔致力于把对荷尔德林的个人喜好升华为对民族"道德规范和习俗"的崇仰——也就是说，荷尔德林的诗性作为对于日常的超越，被阐释为一种通过语言、文化而建立的国家历史真理，呼应着纳粹的意识形态。1934 年，在法西斯主义获得空前胜利的背景下，海德格尔在他的讲座上解读了荷尔德林晚年的颂诗《日耳曼》和《莱茵河》。他从《日耳曼》一诗里听到了一种"基调"（Grundstimmung），这种声音决定了在一个时代里人的精神、人与自然、宇宙的关

荷尔德林

系等思想风尚。

到了1963年，七十四岁的海德格尔还录制了一批荷尔德林诗的朗诵。在这份录音的开头是海德格尔的介绍词，他用颤颤巍巍的苍老声音说："荷尔德林是我们的命运。"接着，他朗读了《返乡》《流浪》《激发》《和平庆典》《伊斯特河》《上帝是谁》《家园》等十首荷尔德林的诗。海德格尔还曾特意撰文论述《返乡》一诗，对他而言，返乡意味着"返回到本源近旁"，而这个本源，就是诗中的"苏维恩"，即今日德国的施瓦本地区——海德格尔和荷尔德林都是这一区域的人——海德格尔甚至把它升华为"祖国的本质"。

不过，对于海德格尔来说，荷尔德林之所以值得关注，还因为他语言中的"诗性"。海德格尔甚至把"诗"视为与"文学"对立的概念，尤其是因为德文的"诗"（Dichtung）具有某种创造性的、想象力的、精神性的、超越文字的取向。因此，他甚至把康拉德（Joseph Conrad）的叙事散文类作品看成是真正的诗。而荷尔德林的诗被海德格尔称为"诗中之诗"，是因为表达了诗的本质——他诗作里的"返乡"过程，也就是回到那个他在诗中称为"诗意地栖居"以抵达澄明的存在状态。

在这个意义上，海德格尔甚至相信只有诗人才是人类历史的创立者和决断者。除了荷尔德林之外，海德格尔还对奥地利表现主义诗人特拉克尔（Georg Trakl）和德国象征主义诗人格奥尔格（Stefan George）做过深入的解读。海德格尔从特拉克尔的《冬夜》一诗中听见了命运的召唤力量，但这种召唤所引领的方向却是寂静，用突兀的痛苦来撕裂和吸引。海德格尔不断强调的是语言在说，并且是作为寂静的声音而说——这样的论调不是回应了《老子》的"大音希声"吗？海德格尔与友人萧师毅合作翻译《老子》的故事当然是非常著名的：萧师毅中途退出了，因为他不能接受海德格尔把翻译当成了他本人哲学思想的演练。无论如何，难怪海德格尔关于"路"或"道"（Weg）的概念具有某种接近于《老子》中"道"的本体论意味，

特拉克尔

而他对"艺"（techne）的古希腊词源的阐述也在一定程度上呼应了庄子反对机巧的观念。1930年，在一个家庭沙龙式的讨论会上，海德格尔为了说明一个问题，突然要求主人去找一本《庄子》德译本来。等主人翻遍书架终于找了这本很少人藏有的中国古籍，海德格尔当众朗读了《秋水》篇里"濠梁观鱼"（即"庄惠之辩"）的段落。海德格尔还对格奥尔格的诗句"词语破碎处，无物存在"做过详尽精妙的探讨，从中发掘语词的本体论意义。格奥尔格的"歌"是对至高宠爱的吟唱，因此往往停留在经验的晦暗之中，以此强调词与物之间关系的神秘性。

此外，海德格尔最推崇的同时代诗人是策兰（Paul Celan）。尽管他从未在书写中触及策兰的诗，策兰对于海德格尔的意义却不容忽视。海德格尔和策兰见过三次面，而他们1967年在海德格尔位于黑森林托特瑙山的小屋的首次会晤，被认为是海德格尔有关诗性思想发展的重要契

策兰

格奥尔格

机。不过，对于这位作为幸存者的犹太诗人在他们会晤之后写的《托特瑙山》一诗中隐含的希求——希求海德格尔对自己曾经与纳粹之间发生的纠葛有所反省和歉意——海德格尔却依旧始终保持缄默，并未做出任何回应。

事实上，海德格尔即使远离了国家社会主义的理念，他对艺术的思考也始终并未摆脱对所谓"大地"或"土地"（Erde）的执恋。像"大地"或"土地"这样的圣词，正是海德格尔在《艺术作品的起源》一文中从梵·高（Vincent van Gogh）所画的农妇的鞋那里所引发的。梵·高的画作让海德格尔在这篇美学论述中，用文学的笔调冥想农妇在田间劳动时的情形，海德格尔的文学想象甚至还包括了她坚定的步履，她分娩阵痛时的战栗，以及作为她生活背景的一望无垠的农田和刺骨的寒风。也可以说，他从一双农鞋看到了农鞋所换喻的泥土以至于整个世界，因为正是农鞋回应着大地无声的召唤。

因此，海德格尔把梵·高关于农鞋的绘画升华到了对存有之"真理"或"去蔽"（aletheia）的形上学观念上来。同样的，他也从塞尚（Paul Cézanne）的画作里发现了和

梵·高《鞋》

他自己思想中平行相应的路径。不过，对于更晚近的20世纪现代艺术，海德格尔在根本上是困惑的。他曾经在私人的信件里表示自己甚至无法确知当今是否还存在艺术作品这样的东西。尽管他尊崇毕加索（Pablo Picasso），海德格尔仍然怀疑他那样的作品能否在未来的艺术中占据一个核心的地位。他不但对像画家毕加索、作曲家斯特拉文斯基（Igor Stravinsky）这样的艺术天才的作品如何归属充满疑虑，更对20世纪的抽象艺术充满了不解和担忧。

似乎只有克利（Paul Klee）的作品赢得了海德格尔的特殊青睐，被他认为是划时代的，是现代艺术的巅峰：克利在传统艺术和纯粹的抽象艺术之间开辟出了一条崭新的道路。海德格尔本来打算在《艺术作品的起源》的续篇里详论克利，却最终没有完成。不过，我们可以从海德格尔的一些零星的言论中听到他说，在克利的画作《女病人》中，人们能够发现"对疾病和痛苦的深入探索，比任何临床探究都要更加深入——医师可以从中学到远比医学课本上多得多的东西"。很显然，这样的论调已十分相异于他先前对梵·高的阐述了。在海德格尔的晚年，似乎自身的生活经验（尤其是他同纳粹的关系在战后对他的影响）使他更多地从艺术中看到了真实的疾病和痛苦。而这或许才是存在主义的鼻祖，写有《致死的疾病》等著述的克尔凯郭尔（Søren Kierkegaard）给海德格尔遗留下来的更加宝贵的精神指向。

本雅明

废墟、革命与乌托邦

本雅明（Walter Benjamin），1892～1940

　　对于本雅明来说，似乎历史只有在不经意时的向后一瞥才会产生（进步的）意义。

WALTER BENJAMIN'S OTHER HISTORY

Of Stones, Animals,
Human Beings, and Angels

1940 年 9 月，逃亡途中的瓦尔特·本雅明在法国和西班牙边境的一个小客栈里用吗啡结束了自己的生命。本雅明思想驳杂的一生，既倾心于本民族犹太传统的救世主义，又因为后来恋上了拉脱维亚的布尔什维克女演员阿霞·拉齐丝（Asja Lacis）而倾心于马克思主义中的乌托邦想象。1921 年，本雅明在一个画展上看到克利的一幅水彩画《新天使》（Angelus Novus）。这幅画的标题跟本雅明出生时父母取过的一个秘密名字 Agesilaus Santander（意为"魔鬼天使"）隐约相关。他随后花了一千马克买下了这幅画，甚至在后来的流亡途中还不忘带在身边。在他晚年所写的断想式随笔集《论历史的概念》中，本雅明把画中的形象比作历史的天使——面向过去的未来使者，也是带有魔鬼特性的天使，从灾难的瓦砾中掀起革命的风暴。

本雅明就这样把革命情怀嫁接到了犹太教的救赎观念上。而救赎的观念，也是他唯一的长篇论著《德意志悲苦剧的起源》用历史废墟的寓言来描述巴洛克历史悲苦剧的出发点：塑造神话英雄的悲剧让位给了展示历史颓败的悲苦剧，而废墟正是救赎的契机，沉沦才促成天启的到来。

克利的水彩画《新天使》

就是在这本书里，本雅明提到了土星性格的"冷漠、迟缓、犹疑不决"。苏珊·桑塔格（Susan Sontag）由此把本雅明称作是具有土星气质的忧郁文人，与另一些具有土星气质的作家——波德莱尔（Charles Baudelaire）、普鲁斯特（Marcel Proust）、卡夫卡（Franz Kafka）和克劳斯（Karl Kraus）——产生隐秘的感应。这本对后世产生了巨大影响的著作是本雅明在当时用来申请法兰克福大学教职的，却因无法理解而未被接受（参与否决的甚至包括日后法兰克福学派的首领霍克海默〔Max Horkheimer〕）。这使得本雅明这个在德国柏林出生的犹太人对德国产生了拒斥，开始以巴黎为生活中心，并且对法国的艺术氛围——从波德莱尔以降的象征主义到超现实主义——投入了更加浓厚的兴趣。

他在一封给里尔克（Rainer Maria Rilke）的信中说，超现实主义的"语言以一种富有魅力的武断方式进入梦幻

本雅明《德意志悲苦剧的起源》

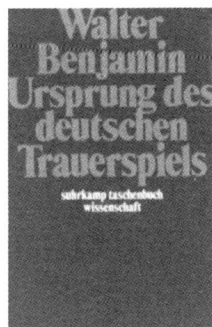

世界"。不过，据本雅明的好友舍莱姆（Gershom Scholem）回忆，法国的超现实主义比德国的表现主义更加吸引本雅明，大约也是因为超现实主义诗人布勒东（André Breton）和阿拉贡（Louis Aragon）的左翼政治理念与本雅明对于艺术和政治的激进思想不谋而合。本雅明在《超现实主义：欧洲知识分子的最新写照》一文中把超现实主义界定为一场反文学的运动，那些作品或许是"示威、口号、公文、虚张声势、以假乱真——但反正不是文学"。他赞扬超现实主义的"革命虚无主义"，能够从业已消泯的或即将灭绝的东西里感受到革命的能量——或者不如说是救赎的力量。

在巴黎，本雅明除了翻译普鲁斯特、巴尔扎克（Honoré de Balzac）和佩斯（Saint-John Perse）的作品，还撰写了《单向街》，一部从文体上十分接近超现实主义着迷于梦境和自由联想的作品。《单向街》更接近于文学

布勒东

类著作而不是学院派的批评，包涵了格言、随笔、游记、短论等不同文体，试图跨越"精英"的和"通俗"的视觉文化的分野。他把马拉美（Stéphane Mallarmé）的诗《骰子一掷改变不了偶然》中的新颖排列方式追溯到广告的图像设计，把达达主义的实验性文字组合归结为报章杂志所带来的视觉文化影响。

本雅明浩大的"巴黎拱廊街"研究计划虽然最后没有完成，但从初步规划和笔记资料来看，眼花缭乱的视觉梦幻场景充斥在他对巴黎这个艺术之都（同时也是19世纪资本主义都会）的论述建构中，而这种琳琅满目几乎成为乌托邦想象的来源。"巴黎拱廊街"计划从某种意义上说是《单向街》的某种延续，因为对于沿"街"文化景观的零星和随机捕捉正是本雅明的长项，他扮演的也就是他自己称为"游荡者"（flâneur）的角色。"游荡者"也是本雅明在作为"巴黎拱廊街"研究计划一部分的《波德莱尔

巴黎超现实主义者合影

中的第二帝国巴黎》中论述波德莱尔时借用的关键词。有意思的是，他在文章末尾把波德莱尔和法国革命家布朗基（Louis Auguste Blanqui）拉到了一起，因为波德莱尔的美学想象和布朗基的革命想象也正代表了本雅明本人的双重性所在。不过，这篇投给《社会研究杂志》的文章由于素材没有获得充分的理论阐释遭到了阿多诺的否决。本雅明不得不做了大幅修改，以"震惊"体验为核心观念写成了《论波德莱尔的几个母题》，总算获得了《社会研究杂志》的发表。

"震惊"体验也是本雅明在同时期另一篇影响深远的论文《机械复制时代的艺术品》中的关键语汇。同时，工业文明时代的艺术形式即电影的出现，对本雅明而言也意味着某种古老"灵韵"（aura）的消失。在布莱希特（Bertolt Brecht）左翼思想的影响下，本雅明想象着技术化、机械化时代带来的崭新艺术功能，以及工人阶级在影

本雅明《拱廊规划》

波德莱尔

院里可能获得的战斗豪情。在法西斯主义大行其道的年代里，本雅明疾呼要用"将美学政治化"来对抗法西斯主义的"将政治美学化"。那些新的艺术形式——电影、摄影……正可以体现这样的功能。

不过，本雅明激进的政治倾向总是无可救药地和怀旧的忧郁纠缠在一起。在论述19世纪俄国作家列斯科夫（Nikolai Leskov）时，本雅明哀叹故事中"史诗"元素的消逝，被近代小说的情节变幻所替代。他从普鲁斯特的小说里读出了对时间和记忆的迷恋，这正是普鲁斯特最核心的母题：不自觉的回想似乎更接近于遗忘，而远离（有意的）回忆。对于本雅明来说，似乎历史只有在不经意时的向后一瞥才会产生（进步的）意义——"新天使"的形象不也被描绘成面向过去的拯救吗？从《德意志悲苦剧的起源》以来，本雅明这样的辩证思考一直与犹太神秘传统的灾难与救赎观念密不可分，这在他研读卡夫卡时同样表露

卡夫卡

无遗。一方面他从卡夫卡那里看到的是"纯粹失败的美"，就像犹太儿歌里的"小伛偻"，一个笨拙、可笑的形象，坦然地回应着扭曲的生活，另一方面他又用马克思主义的异化理论来阐释卡夫卡对于体制和权力的社会批判意味。这样的解读却两边不讨好，引起了他的犹太神秘主义密友舍莱姆和马克思主义战友布莱希特的不满。不过，这难道不正是本雅明独到的批评视野，通过杂糅化的批评实践丰富了马克思主义和犹太神秘主义吗？他对卡夫卡寓言写作的表述推进了对德国悲苦剧（以及波德莱尔）的诠释，也可以说，对历史颓败中拯救力量的探索贯穿在本雅明一生的艺术感悟中。

拉康

我思非我在，我在非我思

雅克·拉康（Jacques Lacan），1901～1981

拉康发展出了当代理论中最重要的论题：当
快感成为一种义务之后，我们应当如何去爽？

Jacques Lacan

and the
Freudian Practice of Psychoanalysis

Dany Nobus

打开拉康生前出版的唯一一本书写的论著——标题就叫作《书写》（*Écrits*）——第一篇文章便是论及文学的：对爱伦·坡（Edgar Allan Poe）小说《被窃的信》的阐述。在这本其余文章都按写作年代顺序排列的文集里，这篇被刻意提前的文章显得格外醒目，似乎凸显了文学在拉康思想中的关键地位。不过，假如以为拉康真的是正统文学批评的高手，那就错了——小说《被窃的信》只是用来示范拉康哲学中有关主体间符号结构关系的一套模型。不过，无论如何，文学并不仅仅是工具。爱伦·坡小说在叙事结构上的巧妙，假如没有拉康的巧妙分析，恐怕也可能会失去许多可读解的妙处。难怪此文一出，包括德里达在内的一系列理论家也以螳螂捕蝉黄雀在后的架势，一时间群起将爱伦·坡小说的文学美味（以及拉康的理论"乏味"）呕出万般酸甜苦辣来。

1950 年代中后期，拉康在他人气日旺的研讨班里将

《被窃的信》

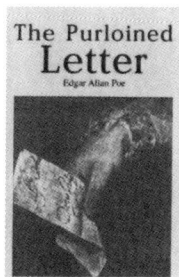

The Purloined
Letter
Edgar Allan Poe

拉康文集《书写》

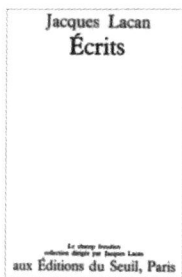

Jacques Lacan
Écrits

Le champ freudien
collection dirigée par Jacques Lacan
aux Éditions du Seuil, Paris

运动性失语和感觉性失语武断地牵扯到修辞上的隐喻和换喻上来，然后信手拈来雨果的诗句或毕加索的绘画（日后，他还成了毕加索的私人医师）。在兴致勃发的时候，拉康会随口征引超现实主义诗人艾吕雅（Paul Eluard）的诗句："爱情是在阳光下欢笑的一颗卵石。""多么漂亮的隐喻！"拉康赞叹道："我简直可以花一整个研讨班就单单为了讨论这一句诗。"而热衷于隐喻之舞的艾吕雅则曾表示特别欣赏拉康博士论文中的妄想症患者埃梅（Aimée）的诗作。超现实主义的文学写作与拉康的精神分析论述之间的相互影响可见一斑。直到1960年代，拉康在著名的《精神分析的四个基本概念》研讨班上谈及无意识和视像变形时，还两度大段诵读超现实主义诗人阿拉贡的诗《对位》。

1920年代，拉康常与诗人克洛岱尔（Paul Claudel）、小说家纪德（André Gide）等人结伴光顾巴黎塞纳河左岸的

爱伦·坡

艾吕雅

书友之家（Adrienne Monnier）等文学书店。拉康日后理论发展的内在动力也来自于超现实主义诗人布勒东、小说家巴塔耶（George Bataille，他的第一任妻子西尔维亚后来嫁给了拉康）、画家达利（Salvador Dalí）等人的交往。尽管从严格意义上来说他并不认为超现实主义"自动写作"的创作法则是实践了弗洛伊德的"自由联想"理论，拉康仍然常常会盛赞超现实主义的诗是一种精妙复杂的隐喻艺术。我们不会忘记拉康对于无意识之语言性的不懈坚持，这样的理论指向与超现实主义文学运动对于用文字来表达无意识的理念不无关系。他甚至还在超现实主义杂志《纳伊灯塔》（*Le Phare de Neuilly*）上发表过一首题为《非理性裂谷》的十四行诗。1930 年代初的某日，拉康给达利挂了一个电话，此后他们有过多次会面，相见恨晚地讨论有关诸如妄想症等跨越艺术和精神科学的问题。拉康也在超现实主义的各种期刊上发表文字——如超现实主义的重要刊物

达利

以毕加索绘画为封面的
《牛头怪》创刊号

霍尔班的名画《大使》

《牛头怪》（*Minotaure*）1933年创刊号上就同时发表了达利和拉康谈论妄想症的文章。此后，拉康在他的研讨班上不但列举超现实主义艺术家如马格利特（René Magritte）的作品来说明幻想的结构，列举霍尔班（Hans Holbein，拉康认为达利正是他同一脉络上的传人）的画作《大使》来论述视像变形，甚至还多次提及深具超现实色彩的电影导演费里尼（Federico Fellini）的影片——《甜蜜的生活》《爱情神话》……

拉康十七岁时就结识了小说家乔伊斯（James Joyce）。1921年底，乔伊斯首次在巴黎著名的莎士比亚书店公开朗诵自己的作品时，二十岁的拉康也在座。拉康把对乔伊斯的热爱从青年时代一直保持到晚年。他最终没有把研讨班花在艾吕雅的那一句诗上，不过1975至1976年集中讨论乔伊斯的研讨班却的的确确是聚焦于文学的。晚期拉康关于乔伊斯的这个研讨班题为"圣兆"（sinthome）——拉康认为是"征兆"（symptôme）一词的原初拼法的词，也同时包含了（法语中）与之同音的"圣人"（saint homme）、"合成人"（synth–homme）、"圣托马斯"（Saint Thomas）等可能的意涵。拉康十分热衷于创造这一类同音词或双关语，比如把"鸵鸟政策"（la politique de l'autruche）改成"它鸟政策"（la politique de l'autruiche）来强调对他人作用的盲视，把"父之名"（le nom du père）和"父之命（禁令）"（le non du père）捆绑在一起以强调阳具与去势之间的同构，或者把作为命令的"去爽！"（Jouis!）和作为回答的"听到！"（J'ouïs!）耦合到一起。拉康对词语多义（甚至歧义）的癖好和他对文学——准确地说是文字艺术——的兴趣是紧密相连的。乔伊斯当然更是文字幻术的大师，他的小说《芬尼根的守灵夜》充斥着各类变化多端的、谜一般的语词：掐头去尾的、变形的、双关的、意义暧昧的……（拉康由此断言乔伊斯的这部作品一定不可能译成汉语。）拉康把乔伊斯这种令人无法卒读的文学作品看成是他年少时失去父亲关怀的结果，是对父亲那个空缺的偿还。如果说父亲的形象是语言形式的代表，乔伊斯一生与语言的搏斗便

乔伊斯

是在展示语言对内容的强行侵入，或者说是语言自身的纯粹快感——一种无意义的快感。这便是乔伊斯的"圣兆"，在语言符号的范畴内同时包含了空幻的想象和鬼魅般的心灵深渊。写作和思想一样，总是刻下了他人（尤其是父亲）的深深烙印，是他人的语言才决定了"我"的主体。由此出发，拉康颠覆了笛卡尔"我思故我在"的论断，说出了惊世骇俗的"我思非我在，我在非我思"。

如果说拉康对先锋派文学的阅读专注于从文字美学的奇妙中领悟精神深处的奥秘，在古典作品中，拉康所关注的与伦理问题密切相连。从索福克勒斯的古希腊悲剧《安提戈涅》到莎士比亚的《哈姆雷特》和萨德（Marquis de

索福克勒斯的悲剧《安提戈涅》

Sade）的小说，拉康探讨的是欲望、责任等话题。比如，哈姆雷特的欲望悲剧在于他迷失在（对）母亲的欲望中，迷失在犹豫、内疚、压抑中，从而违逆了父亲的旨意。另一方面，哈姆雷特作为欲望主体还纠缠在父亲的语言结构中，却又无法摆脱哀悼、幻想、自恋和精神变异的混杂局面，最终只能把反抗与死亡归结在一起。而不惜献出生命，坚持要安葬哥哥的安提戈涅，对于拉康而言则是精神分析的伦理典范，因为她遵从的是欲望的伦理。安提戈涅认同于纯粹的欲望，拒绝接受他人的要求，不妥协于威权的指令。萨德则正好相反，在拉康看来，萨德遵从的是他人的欲望，他所有的虐恋快感都来自竭力保证他人的快感。萨德的淫秽行为哪怕是对快感的肯定，也只是按照另一种冷漠无情的绝对指令而进行的。从这一角度，拉康发展出了当代理论中最重要的论题：当快感成为一种义务之后，我们应当如何去爽？

萨德侯爵

阿多诺

琴键上的辩证法

阿多诺（Theodor W. Adorno），1903~1969

　　对于阿多诺来说，似乎世界的奥秘真理不是通过思辨来揭示，而是通过聆听来把握的。

Philipp von Wussow

Logik der Deutung
Adorno und die Philosophie

有一张阿多诺晚年弹奏钢琴的照片，微屈的手指正徜徉在键盘上击出无声的曲调；他触摸键盘的手显得出奇地巨大，甚至大过了他的那颗用理性思考的头颅……无论从什么角度来看，阿多诺都是世界哲学史上的一个异类：对于阿多诺来说，似乎世界的奥秘真理不是通过思辨来揭示，而是通过聆听来把握的。可以说，阿多诺一生中的绝大部分时间都在聆听（或在想象中聆听）古典音乐的时间中度过，而从贝多芬到勋伯格（Arnold Schoenberg）的不同风格组合构成了阿多诺思想中最鲜明的感性背景。

阿多诺出生时的姓氏 Wiesengrund-Adorno 将犹太人父亲的 Wiesengrund 和科西嘉裔母亲的 Adorno 结合到了一起，他的身体里杂糅着来自父亲的北欧的知性血液和来自母亲和姨妈的南欧的感性血液。在歌唱家母亲和钢琴家姨母的影响下，阿多诺从小学习钢琴，浸淫在巴赫、莫扎特、贝多芬的音乐氛围里。阿多诺日后回忆道，他童年时最喜爱的乐曲是贝多芬《第一号钢琴奏鸣曲》的第二乐章——柔板。他还一度以为贝多芬的《槌子键琴奏鸣曲》

贝多芬《田园交响曲》乐谱手稿（现存波恩贝多芬故居）

是一首用玩具槌子和玩具钢琴演奏的儿童乐曲（几十年后约翰·凯吉真的创作出这样的曲子）。阿多诺很早就热爱上了看谱，并且对乐谱上标出的长笛、单簧管、双簧管等乐器名称着迷，常常把它们比为标明不同地名的彩色火车票。他后来曾吐露，阅读《田园交响曲》乐谱时的感受甚至要比实际听到演奏更加强烈。（阿多诺所推崇的作家托马斯·曼在小说《浮士德博士》中也表述过类似的想法：对有些乐曲而言，读比听要来得更适合。）我们或许可以想象，在日后的理论著述中，阿多诺是怎样从种种概念的交错演进中听到思想的和弦的。

二十二岁时，阿多诺前往维也纳，师从仰慕已久的贝尔格（Alban Berg）学习作曲，新维也纳乐派的无调性音乐正好契合阿多诺的美学叛逆与否定精神。阿多诺创作的室内乐（弦乐四重奏）至今仍被灌制唱片发行，虽然并非音乐史上举足轻重的作品，但也充分体现了这位

贝尔格

年轻作曲家对新的音乐语汇的熟练运用。音乐创作为阿多诺的音乐理论和批评提供了感性上的养料。有关音乐的论著从数量上来看在阿多诺一生的写作中占有相当的篇幅，音乐理论与批评可以说是他最投入的事业。在他近半个世纪的写作生涯中，除了著名的哲学著作《启蒙辩证法》《否定的辩证法》、未完成的《美学理论》等之外，阿多诺更多的著述是专论音乐的著作（尽管不尽是系统的研究，有不少是集合了片段式的随想），诸如《新音乐哲学》《不协和：音乐社会学导论》《如歌的行板》《音乐瞬间》《贝多芬》《马勒》《阿邦·贝尔格》《探寻瓦格纳》……

阿多诺在新维也纳学派的勋伯格、贝尔格和韦伯恩（Anton Webern）为代表的十二音体系音乐中看到了作为社会反题的艺术的真正功能。无调性的现代音乐是最为激进和不妥协的艺术实验，拒绝融合到现代社会的机械流水

《音乐社会学导论》　　　　《马勒》　　　　　　　　《新音乐哲学》

线中去，试图抵抗那种不加思考的文化惰性。十二音体系，也称为序列音乐，从形式上迫近了现代社会冷漠、序列化的，同时也是无中心的状态，摒弃了调性音乐调和这种无法调和状态的虚假解决方式。十二音体系意味着每一个白键和黑键在乐曲里都处在一种异质的、取消了主导和从属的关系网络中，没有体系化的阶层，也没有中心的控制。似乎每一个音符都是另一个音符的反题，黑键和白键互为否定，这甚至也可以看成是阿多诺"否定的辩证法"的具体体现。

20 世纪陷入了"幼齿化时代"的听觉退化使阿多诺深感悲哀，通俗音乐败坏了听众对音乐的感知。阿多诺在通俗音乐中看到的是丧失灵魂的机械状态，是以标准化、模式化、制度化为标志的。阿多诺不无极端地指出，在音乐语汇上的简化、单调的节奏重复使自律的音乐作品无法反抗社会的总体化压制，相反却与之同流合污，

斯特拉文斯基

是一种文化奴婢。但阿多诺所反感的似乎还并不仅仅是通俗音乐。在《新音乐哲学》里，阿多诺主要的箭靶便是20世纪的作曲大师之一斯特拉文斯基。阿多诺从斯特拉文斯基那里听到的患有"贫血症"的新古典主义音乐同样充满了机械的节奏，是对原始粗俗的肯定性赞美。

阿多诺在流亡美国之后干脆更名为母姓Adorno（如果我们记得的话，鲁迅的"鲁"字也是来自母亲），这或多或少表明了他对来自母系的音乐传统的追随。对音乐的感性依恋与阿多诺的理论思想密不可分。音乐的伦理学在于它从不像文学那样能够谎称忠实地反映了社会现实。以德奥音乐为典范的西方古典音乐通过诉诸感性的听觉语汇远离了文字的实在。文字语言有可能物化为一种化石般的固定客体，由作者给定的单一意义。与文字语言相比，音乐语言充满了歧义和不确定，拒绝了任何理性化、简单化的理解。写实主义在古典音乐那里彻底失效了。阿多诺说，音乐是没有确定意向的语言。语言是被理解的，而音乐是被操作的。他从贝多芬的晚期作品，比如《庄严弥撒》中，看到了"谜一般的无法破解"。应该说，真正的音乐都是无法破解的谜，因为它不确定的意指向度，因为它诉诸的是内心而不是概念。对阿多诺而言，音乐是对表面现象的批判，也是对当下和此地的那种实在的批判。

阿多诺没有说出的是，音乐和诗一样，在奥斯维辛之后必定是凄厉野蛮的了。他在晚年对现代主义音乐最激进的名字——后序列主义音乐的布列兹（Pierre Boulez）、实验电子音乐的施托克豪森（Karlheinz Stockhausen）、偶然音乐的凯吉（John Cage）和集大成的 2003 年阿多诺奖获得者利盖蒂（György Ligeti）等——再度给予掌声，不能不说是体现了他对音乐语言的拓展抱有不灭的热情。阿多诺曾说起一个盛怒的听众写信到广播电台控诉电台播放了施托克豪森的《青年之歌》——这首磁带上录制的电子乐曲发出有如原子弹的声响，破坏了对宁静、松弛和升华的追求。但现代音乐对于不妥协和冲突的表达，对于耳膜的

施托克豪森

强烈打击，恰恰是阿多诺从施托克豪森的乐曲中听到的感性化真理。哲学的强者也是音乐的强者，在悦耳和刺耳之间，阿多诺选择了后者。

阿多诺的理论也未尝不能被界定为刺耳的哲学。他不懈寻找的是事物与其自身不协调的特性，正如他不懈聆听的是音符与其自身不协和的和弦。

罗兰·巴特

艺术作为感官的形式

罗兰·巴特（.Roland Barthes），1915～1980

巴特一生的艺术思考都在不断地刺穿传统美学的肤浅表象，刺痛我们内心的敏锐感受。

LOUIS-JEAN CALVET

ROLAND
BARTHES

A BIOGRAPHY

在《文本的愉悦》的结尾处，罗兰·巴特呓语般地写道："电影……使我们在这些声音的物质性中，在声音的淫荡、呼吸、喉音、嘴唇的肉感中听见人类口鼻全部的呈现（让人声、书写成为新鲜的、柔软的、润滑的，成为精美的颗粒，像动物的口鼻一样有活力）……演员的匿名身体进入我的耳朵：它搅碎，它噼啪，它爱抚，它摩擦，它切开，它来临：那是极乐。"显见的是，符号学家巴特的艺术鉴赏所敏感的，不外乎一切与感官相关联的事物。也可以说，巴特的美学从根本上来说是一种享乐主义的美学，是和意义的追寻相对立的。比如，他在论及艺术歌曲的演唱时，多次盛赞潘塞拉（Charles Panzéra）演唱的法国艺术歌曲体现了一种"人声的质感或肌理"，而不满于菲舍尔·迪斯考（Dietrich Fischer-Dieskau）这样的职业歌唱家仅仅致力于表达意义，或者另一位法国歌唱家苏哉（Gérard Souzay）用浅薄的、夸张的戏剧化来传递情感。

男中音潘塞拉

在一篇题为《钟爱舒曼》的文章里，巴特抱怨当今的音乐表演已经普遍职业化，而真正的音乐实践对巴特而言应当是业余的。他从霍洛维茨（Vladimir Horowitz）或里赫特（Sviatoslav Richter）的演奏中只听到他们自己，而听不到巴赫或舒曼。巴特出于好奇，为自己的弹奏录音，试图听到自己，却反而听到了巴赫和舒曼音乐中纯粹的物质性，一种当下的存有（Dasein）。不过，巴特对自己公众的钢琴演奏向来十分羞怯。有一次聚会，被好友邀请一同演奏福雷（Gabriel Fauré）的一首二重奏时，巴特说自己"汗如雨下，把键盘都湿透了"。

巴特年轻时上台演出埃斯库罗斯（Aeschylus）的《波斯人》，在剧中扮演波斯末代君王大流士的时候严重怯场，两大段台词每每濒临忘词的边缘。不过，他最终摒弃了试图刻意去表现什么，而是用自然的声音自由、平稳地说完。他从学生时代就热衷于看舞台剧，并且协助创立了

布莱希特

索邦古典剧团。1950年代初，巴特参与到新创刊的《大众戏剧》杂志的编务工作中。1954年，他观看了柏林剧团上演的布莱希特的《勇气妈妈》后，开始对这位他称为"思考符号价值的马克思主义者"推崇备至，并且为《大众戏剧》撰写了题为《布莱希特革命》的社论予以盛赞。巴特看到，在布莱希特的剧场里，观众不再认同舞台上的角色；布莱希特所倡导的"间离效果"给了观众批判审视的可能。直到十七年后，巴特回忆起当年观剧的经验仍然激动不已，称之为"一次启示……一阵烈焰"。

巴特从罗伯–格里耶（Alain Robbe-Grillet）颠覆了资产阶级小说中人物和情节模式的"新小说"中同样发现了这样的"间离效果"：物件被描述为无意义的、拒斥性

青年巴特参演的埃斯库罗斯戏剧《波斯人》

的物件，那么人则无法从生活里找到意义的宽慰。加缪（Albert Camus）的《异乡人》也为巴特提供了一条出路：一种中性的、消极的、感情寂灭的风格，也就是"零度写作"。这样的观念正是巴特在《写作的零度》中阐述的对现实主义的不信任，因为现实主义只是一系列传统习俗的变奏。对巴特而言，摹拟现实只有在幻觉的意义上才是有效的。他的《S/Z》用了八万五千个法文单词来分析巴尔扎克早期的一篇并不出名的仅有一万个单词的短篇小说《萨拉辛》，指出小说中的人物只是处在人为符码的结构中，是为了制造写实的幻觉而生产出来的，并且虚幻地相信他们自己是生存在现实生活中。巴特运用精神分析和马克思主义来论述法国 17 世纪剧作家拉辛（Jean Racine）的论文集《论拉辛》，也由于挑战了传统观念而引起巨大的争议，因为他把这位古典戏剧巨擘界定为"向表意永久开放的空洞场域"，坚持认为拉辛的伟大恰恰在于他在并未

巴尔扎克

加缪

清晰意识到的基础上创造了一套情感样式——也就是说，是拉辛的无意识结构决定了他的创作。开放的文本成为巴特所称的"可写的"（scriptible，有读者无限再创造可能的）文本，相对于"可读的"（lisible，让读者仅仅被动接受的）文本。正是在这样的意义上，巴特提出了惊世骇俗的"作者之死"的口号。作者已死，但语言永存。由此，像萨德这样的作者，无非是语言的缔造者：巴特在萨德的小说中读到的性高潮和射精有如字词在语句中的撒播。

对巴特来说，文字的形式意味永远大于内容。他对日本俳句的兴趣也在于俳句的形式主义语言摆脱了经验的桎梏，拒绝被简化为交流的工具。他在日本还发现了书法的乐趣，那种在稿纸或信纸上随意滑动的笔墨乐趣。巴特一生总共创作了五百多幅画作，不过他把自己戏称为"星期日画家"。《罗兰·巴特写罗兰·巴特》中有三幅他的画，还留有他的自评，比如"没有所指的能指"或"乱涂

拉辛

一气……" 正是如此，他欣赏法国超现实主义画家马松（André Masson）的作品中那种和他自己的画类似的风格，象形的汉字以书法的形态呈现，但退去了交流的功能，而是体现为"搏动的身体"，文字成为欲望本身，成为冲动的力量。他在美国画家托姆布雷（Cy Twombly）的画作中也看到了文字的姿态，随意的潦草笔画对巴特来说"每一笔都爆破了博物馆"。巴特观察到，托姆布雷把玩的是符号的物质性，从中体现出某种惰性的、懒散的、情色的姿态，这种姿态没有任何目的，只有纯粹的欲望耗费与挥霍。这里，影响巴特的是巴塔耶理论中有关耗费的观念，这也相应于巴特在论述爱森斯坦（Sergei Eisenstein）电影时所提出的，镜头的钝感和暧昧感。

虽然他本人在泰西内（André Téchiné）的电影《勃朗特姐妹》中扮演过大作家萨克雷（William Thackeray），巴特曾表示，他对电影基本持讨厌的态度。不过他对摄

巴特的纸上蜡笔画

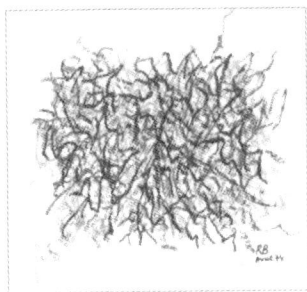

幼年的巴特侬偎在母亲的身上

影却情有独钟。1980年巴特出版了他生前最后一部著作，论述摄影艺术的《明室》。写作这本书的情感起因来自于一张老照片，在照片上，幼年的巴特被年轻美丽的母亲抱起，搂着母亲的脖子，依偎在她身上。他母亲在1977年的病故给他带来了沉重的打击。巴特在《明室》里试图区分摄影作品中的两个面向："知面"（studium）和"刺点"（punctum）。"知面"意味着相片表面的文化、语言或政治的象征涵义；而"刺点"则正相反，是某种能够刺痛观者或撕裂观者的因素，能够将图像"像箭一样"射出去，并且在刺穿观者的同时刺穿意义。也可以说，巴特一生的艺术思考都在不断地刺穿传统美学的肤浅表象，刺痛我们内心的敏锐感受。

马松的自动绘画

托姆布雷《无题》

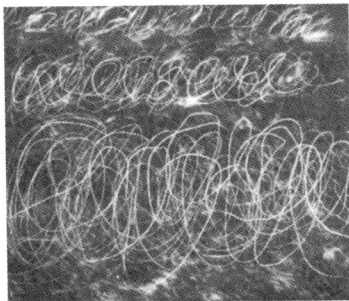

利奥塔

无中生有的美学

利奥塔（Jean-François Lyotard），1924～1998

　　这种非人的、无中生有的美学情境正是利奥塔一生探究的。

Lyotard
Writing the event

Geoffrey Bennington

1992年春季，我选修了利奥塔在耶鲁大学比较文学系开的一门研讨班课程。等上课铃响时，利奥塔总是走到教室门口才把烟头扔掉踩灭，然后艰难地从那些没占到座位席地而坐的学生中跨过，走上讲台。这门课的下半个学期是讨论康德在《判断力批判》中集中论述的"崇高"（sublime）概念，也就是那个与"优美"（beautiful）相对的，被利奥塔称为是"痛苦中的愉悦"的美学范畴。这个被命名为"崇高"的美学是利奥塔思想的核心，也是他思考艺术问题的聚焦点。利奥塔常常把美学的问题落实到艺术实践上来，经常信手拈来现代主义文学或艺术作品的例子。他在课上津津乐道的名字包括贝克特（Samuel Beckett）、阿波利奈尔（Guillaume Apollinaire）等，甚至多次表示很想写一部专书讨论美国女作家格特鲁德·斯泰因（Gertrude Stein）的文字中所体现的形而上意味。

在一次访谈中，利奥塔称赞斯泰因的写作是典型的女

康德《判断力批判》

毕加索为斯泰因所作的著名肖像画

性主义写作或阴性书写——和西苏（Hélène Cixous）的写作有遥远的应和——瓦解了传统的叙事模式，也离析了传统的文学话语。对利奥塔而言，斯泰因的作品是一种绝对的文本呈现，没有谁在发声，也没有谁能够阐释。在《歧论》一书中，利奥塔不厌其烦地引用斯泰因的种种奇谈怪论，并且把它们转译成他自己的语言哲学——作为断裂的段落，作为事件的语汇……作为后现代主义的主要倡导者，利奥塔在斯泰因的作品中还看到了后现代美学的核心：后现代主义的崇高美学是在现代主义崇高美学的怀旧空缺中"呈现出无法呈现之物"。

作为后现代的主要鼓吹者，利奥塔必须常常强调，艺术上的后现代主义与他在《后现代状况》一书中描述的后现代社会形态虽然相关，但并非同一种后现代概念。于是利奥塔用后现代主义的崇高来描述乔伊斯作品中的破碎、失范、纯符码，以对应普鲁斯特的现代主义作品

哈贝马斯是利奥塔的主要理论对手

中时间与意识的整一。从某种程度上，利奥塔和哈贝马斯（Jürgen Habermas）关于后现代性和现代性的论争可以看作是艺术和非艺术的论争，因为哈贝马斯对艺术几乎没有任何关注：也可以说，这是一场崇尚歧异、悖谬的艺术化社会理念与崇尚规范、整一的非艺术化社会理念之间的冲突。

在1985年5月伦敦的当代艺术研究所召开的"一个后现代性的问题：后现代论争的哲学维度"研讨会上，利奥塔做了主要的发言、回应和大量的讲评，从后现代、崇高美学等多方面——尽管是片段地——来阐述他的艺术思想，尤其是现代艺术中相关于弗洛伊德在《释梦》中涉及的"梦境运作"（Traumarbeit）观，以及相关于创伤记忆的"透析"（Durcharbeitung）概念，当然也提到了一大批利奥

纽曼的油画《英雄崇高的人》

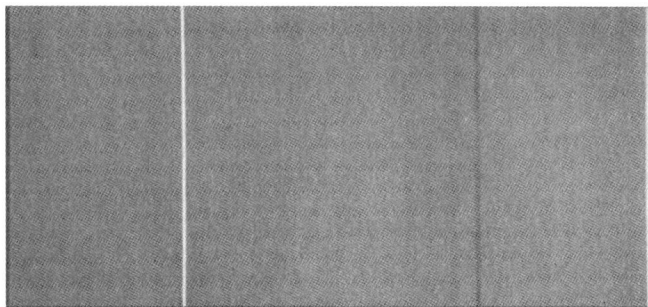

塔最为崇尚的现代艺术大师，从马奈（Édouard Manet）到塞尚，从毕加索到康定斯基（Wassily Kandinsky），从蒙德里安（Piet Mondrian）和马列维奇（Kazimir Malevich）到杜尚（Marcel Duchamp）和纽曼（Barnett Newman）。而那种崇高美学特质，正是利奥塔在杜尚和纽曼的作品中揭示的。纽曼的抽象油画《英雄崇高的人》回应的是这位艺术家自己在《崇高即现在》一文中的设问："在一个没有传奇的时代里，我们如何创造崇高的艺术？"在《瞬间，纽曼》一文中，利奥塔从犹太神秘主义的角度阐发了这个作为时间性狂喜的现在，作为意识无法指认的现在，甚至可以说是意识通过遗忘它才能建构自身的现在。只有在这个现在，我们才能理解那种武断的圣灵凸显——在《英雄崇高的人》中分割了混沌的豁口——也可以说是对无以名状、无法呈

利奥塔：《杜尚的变/形者》

现之物的绝对呈现。纽曼的绘画不晦涩，一目了然，仅仅用造型、线条、色彩的瞬间，将时间凝缩于自身的存在或发生中。

利奥塔从杜尚的作品《大玻璃：新娘甚至被光棍们剥光了衣服》中，看到了另一种显圣。杜尚用剥光的新娘来渎圣——作为四维人物的投射，三维身体又被投射到二维平面上——器械和肉体之间交织出了异质空间。在《杜尚的变／形者》一书中，利奥塔汇集了他有关杜尚的各种笔记、随感、访谈，并且建立了一套论说杜尚式前卫艺术的独特语汇。比如，他提醒杜尚的观者不要试图去理解，而是努力去不理解，努力展示出未能理解，因

杜尚《大玻璃：新娘甚至被光棍们剥光了衣服》

为在杜尚那里，最珍贵的宝藏便是"胡闹"或者"瞎搞"（nonsense）。但杜尚不是正宗欧洲的达达主义者，或者说，非意义（non-sense）甚至不是作为理念出现的。杜尚是物质主义的：材料、工具和日常器具拿来便成为艺术品，成为对不可度量之物的政治表达。由此，利奥塔赞扬了杜尚的"肯定式反讽"，一种包含了分离、间隔、悔恨、嫉妒的肯定性。

这种物质性的解放也是利奥塔在现代实验音乐中听到的：传统的调式、音阶、节奏被更基本的物质性推到极致，一种无定规的节奏，如凯吉的乐谱，只对肯宁汉（Merce Cunningham）的舞谱有意义，那已经不再是植入身体运动中的自然或文化的节奏了。而更直接的则是瓦瑞斯（Edgard Varèse）的乐曲《美国》和《电离》中，抛物线和双曲线指明的是汽笛声和鸟鸣声。瓦瑞斯所向往的"以任何频率发送声音"，对于利奥塔来说，是一种超越想

瓦瑞斯《电离》乐谱手稿

约翰·凯吉

象的听力，它超越了可听的界限——但这种音乐却产生了利奥塔所谓"内在的耳朵"。

如果说作曲家凯吉倡导的"寂静"迫使人们倾听周遭的声音物质，利奥塔也试图从（曾任戴高乐政府文化部长的）小说家马尔罗（André Malraux）的《寂静之声》中读到对世界不倦的细致倾听。对利奥塔而言，马尔罗所谓的"艺术史是解放史"绝不意味着倡导一种超脱世界的艺术——没有一种纯艺术能超越对世界的服膺——而是解放了材质、形式，用风格化的音响、色彩、语词来颠覆并重新发现感性，直到听见从未听见的为止。利奥塔晚年撰写了马尔罗的传记《落款：马尔罗》和对马尔罗"反美学"的阐述《隔音室》，出人意料地把关注点从激进的前卫艺术转移到身上交会着文学、美学和政治的文化巨擘上。"隔音室"，有如"虚空的气管……寂静激荡其间"，这种非人的、无中生有的美学情境正是利奥塔一生探究的。马

马尔罗

尔罗曾经想象嗓子里突然发出了一种不属于自己的惊惧声音，而利奥塔从马尔罗的生命和作品中发现了永远处于开始的、此地的、当下的那个声音，并且引领这个世界探寻这种我们今天亟须听见的，被压制到无声的声音。

德勒兹

沿着感性的符号逻辑

德勒兹（Gilles Deleuze），1925～1995

德勒兹的心目中没有唯一的巅峰，他把形色各异的作家、艺术家看作各领风骚的巨匠。

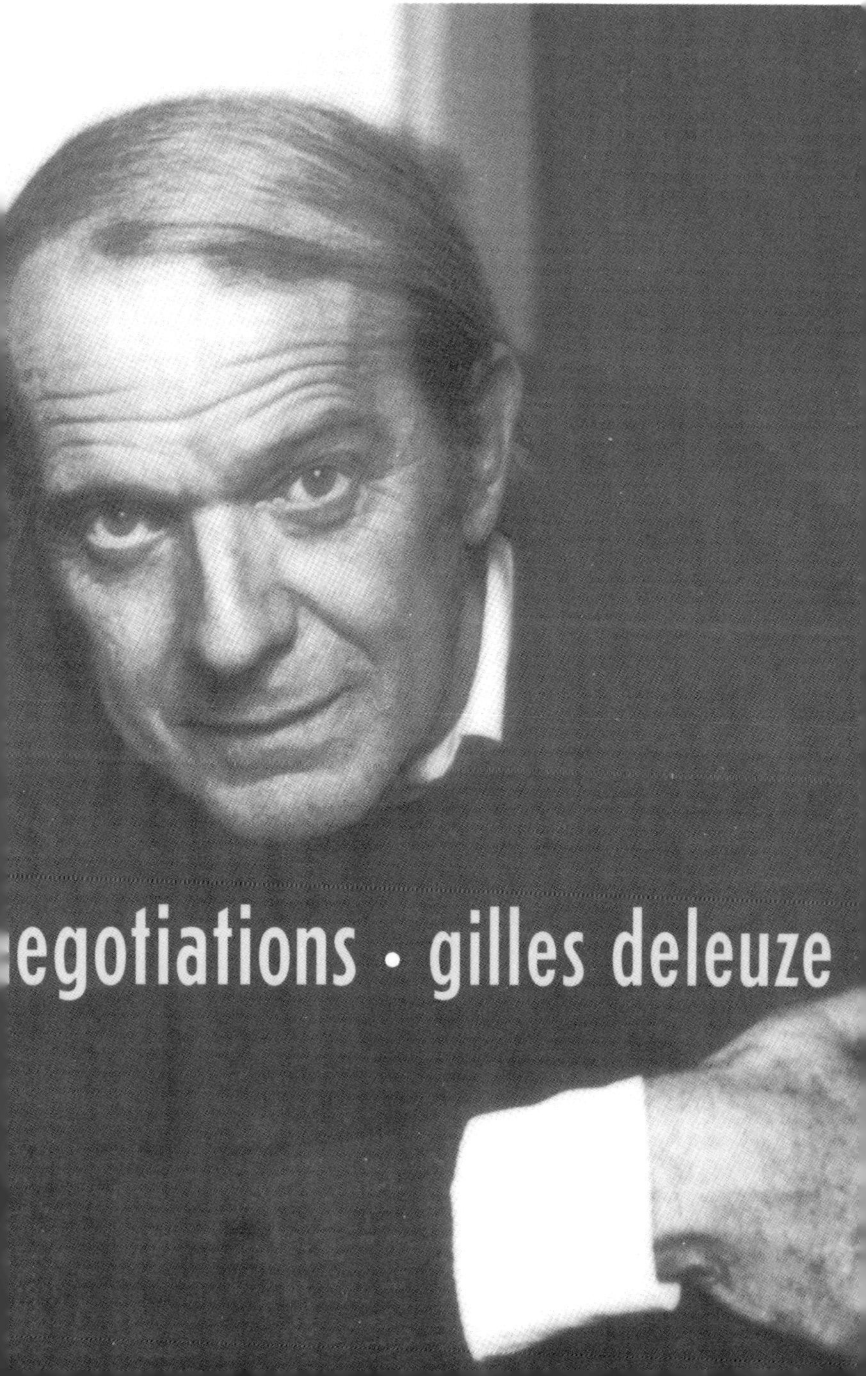

egotiations · gilles deleuze

在一次美国广播公司记者（也是他的学生和友人）帕奈特（Claire Parnet）所做的八小时的漫长访谈中，德勒兹顺手拿起一本俄国诗人曼德尔施塔姆（Osip Mandelstam）的书，念起了书中谈论记忆（尤其对于写作而言）为何不具重要性的段落。他表示十分同意曼德尔施塔姆说的，人们应当学习的不是如何言说，而是如何结巴。对于德勒兹来说，写作是一种语言中的结巴，是把语言推向一个极致，因为结巴就是一种向动物语言和孩童语言的靠拢。他盛赞罗马尼亚超现实主义诗人卢卡（Gherasim Luca）作品里所创造的结巴：不是在他自己的言语里，而是使整个语言发生结巴。德勒兹曾经承认他对蜘蛛、跳蚤等奇异生物有着特殊的迷恋。那么，从钟爱于表现鸟鸣声的 20 世纪法国作曲家梅西安（Olivier Messiaen）的音乐作品里，德勒兹也感受到一种"生成女性，生成孩童，生成动物"的情境；梅西安的音乐可以让他听到，连动物也不仅仅是动

贝尔格的小提琴协奏曲《纪念一位天使》

物，而同时也生成为其他的事物——（具体在此的）夜晚、死亡、欢乐……对德勒兹来说，音乐可以不着一字就打动情感。德勒兹说他百听不厌的是贝尔格的两部歌剧《露露》和《伍采克》，特别是其中哭叫的高潮；而小提琴协奏曲《纪念一位天使》（贝尔格的另一部杰作）则更是比任何其他音乐作品都还要能打动他。

德勒兹，这个被福柯认为可以命名整个 20 世纪的思想家，在他各时期的著作中不倦地论及文学艺术的不同领域——文学、电影、美术、音乐……正如他的名著《千高原》的书名所暗示的，德勒兹的心目中没有唯一的巅峰，他把形色各异的作家、艺术家看作是各领风骚的巨匠。在这些论著中，最有影响的恐怕要算《运动影像》和《时间影像》，这两本对电影作品的理论阐述，也证明了德勒兹这个巴黎影院的常客对世界电影的广博涉猎。德勒兹全部的电影美学都可以看作是对柏格森（Henri Bergson）时间观念

柏格森

的回应，柏格森倡导的绵延（durée）哲学是德勒兹的理论基础：在景框、镜头、蒙太奇这三种对时间的不同表现中，蒙太奇最清晰地捕捉了绵延的概念，而德勒兹正是从早期的电影里，特别是格里菲斯（D. W. Griffith）、爱森斯坦、弗里兹·朗（Fritz Lang）等大师那里，揭示了不同的蒙太奇形态，也就是对时间观的不同表现。

热衷于创造新鲜语汇的德勒兹给电影元素归类了各种符码范畴：视像符码、声音符码、记忆符码、梦境符码、水晶符码、时间符码、思想符码、阅读符码……德勒兹的理论术语往往是隐喻意义上的，如他把威尔斯（Orson Welles）的《上海小姐》片尾的哈哈镜场景和费里尼的《扬帆》整部影片看作是"时间水晶"，具有折射、反射和过滤表面的功能。他还从四位导演的作品里发现了四种普遍的水晶样貌：奥菲尔斯（Max Ophüls）电影里的"完美水晶"，雷诺阿（Jean Renoir）电影里的"分裂水晶"，费里尼电影里的"生成中水晶"和维斯康蒂（Luchino Visconti）电影里的"分解中水晶"。比如，对德勒兹而言，费里尼电影中的素材是永远在生成、扩展中的水晶，或者说一切被触碰到的事物都会变为水晶。这样，费里尼式的奇观和死亡之舞就在一种自然的状态下获得了无限的力量。

德勒兹对视觉艺术领域最重要的贡献无疑是《弗朗西斯·培根：感觉的逻辑》一书。从 1970 至 1980 年代，培根（Francis Bacon）在巴黎的几次画展奠定了他在世界画坛的地位（他的工作室就在孚日广场的附近），而德勒兹在那段时间内也是巴黎各类艺展的常客。德勒兹从未谈起他选择写培根的具体原因，但这本著作本身已经可以证明他的哲学与培根的绘画理念之间的某种隐秘呼应。德勒兹只见过一次培根，是在他论培根的书出版之后。两人之间尽管互相景仰，却没有发展出特殊的友谊。德勒兹后来回忆道："我可以感觉到他的力量和暴力倾向，同时还有巨大的魅力。他坐了一个小时左右之后，就把自己朝每一个方向蜷缩起来，有如他自己画作里的人物……我见到培根

费里尼

培根画作《Lucien Freud 肖像》

时，他说他梦想要画一阵巨浪，但是不敢相信这个努力能否成功。"德勒兹将培根画作里这样的奇特形象称为"无器官的身体"，是以一种"嘲弄的运动方式"遭到扭曲的，这种运动体现于静止的、舒张的和收缩的不同节奏中。

在文学的领域，德勒兹把自己看作一个探索者。比如他花了五年时间才理解罗伯－格里耶的写作代表了一种怎样的艺术创新。他承认，他在一开始有关罗伯－格里耶的言论都是极度愚蠢的。德勒兹有关文学的著述，除了三本论述单个作家的——论普鲁斯特的《普鲁斯特与符号》，论沙歇－马索克（Leopold von Sacher-Masoch）的《冷漠与残酷》和论卡夫卡的《卡夫卡：朝向一种次文学》——还必须加上其他论著中对众多作家作品的阐述，包括梅尔维尔（Herman Melville）、贝克特、阿尔托（Antonin Artaud）、克莱斯特（Heinrich von Kleist）、陀思妥耶夫斯基（Fyodor Dostoyevsky）等。德勒兹在对"次文学"的阐述中强调了卡

普鲁斯特

陀思妥耶夫斯基

夫卡作品中根茎式的（rhizomic）"褶子"世界，以相对于树状的（arborescent）等级秩序。卡夫卡的文学语言在德语、捷克语、希伯来语和意第绪语之间的褶皱关系，体现了德勒兹流变哲学的"逃逸线"：对主流语言的解构也同德勒兹理论中"解辖域化"和"再辖域化"的观念紧密相关。

在普鲁斯特的《追忆逝水年华》中，德勒兹发现了不同的符号类别：世俗符号、爱情符号、感觉符号和艺术符号。比如在那个著名的小玛德莱娜点心的段落里，德勒兹看到的是多元的感觉符号——小点心、尖塔、树木、卵石、餐巾、汤匙……而由这些符号引向了追忆的隐秘对象。对德勒兹而言，小玛德莱娜点心没有任何令人享乐的意味：他曾表示，吃是世界上最乏味的事情了，尽管他热爱饮酒。因此，在他的文学论述中，吃的行为似乎也不具快感，仅仅具有符号的功能（尽管是感觉的符号）。他最喜爱的食物是令人作呕但营养丰富并具有"崇高"感的动物内脏：舌、脑和骨髓，因为这样的三位一体（trinity）可以符号性地类比于圣父（脑）、圣子（骨髓）和圣灵（舌）……

福柯

另类思想中的诗人才华

福柯（Michel Foucault），1926～1984

福柯在介绍他的博士论文《精神病与精神失常》时潇洒地总结道："要想谈论精神病，需要有诗人的才华。"

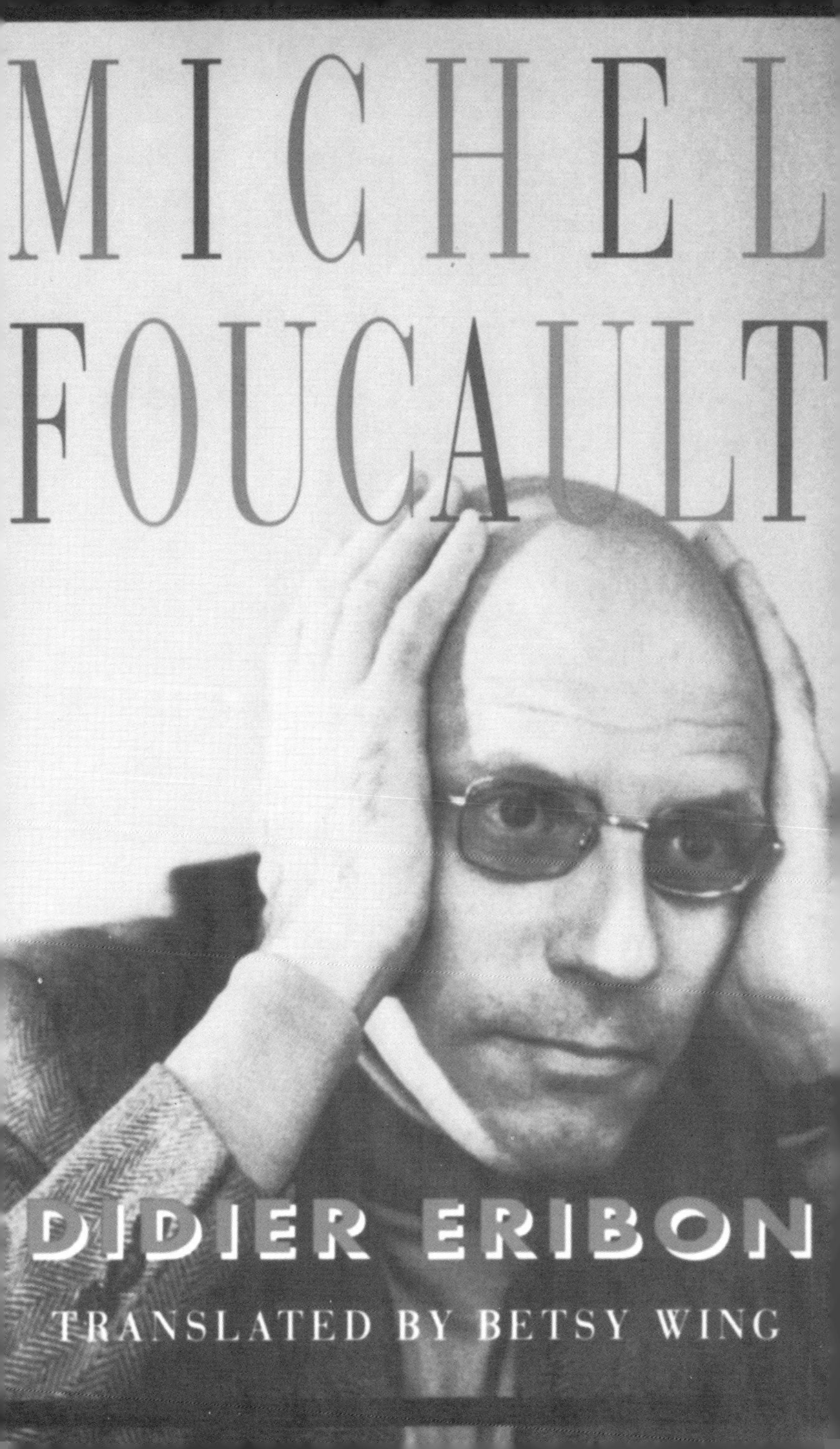
MICHEL
FOUCAULT
DIDIER ERIBON
TRANSLATED BY BETSY WING

读过《词与物》的人都不会忘记，在正文的一开始，福柯就花了整整一章巨细靡遗地描述、分析和诠释委拉斯开兹（Diego Velázquez）的名画《宫娥》。这幅画对福柯具有特殊意义，大抵是因为它不仅是一件伟大的艺术作品，还是一件关于艺术创作的艺术——我称之为"后设"艺术——它画的是委拉斯开兹在画布后方以国王和王后为模特作画，而国王和王后则只是映现在画家背后的镜子中。福柯借此来界定古典时期的认识模式——对世界的再现（绘画）过程是如何被艺术化地再现的。通过对主体消失的敏锐捕捉，从摹拟的再现功能中解放出来——这是福柯对委拉斯开兹美学贡献的精妙概括。后设艺术（metaart）与形上学（metaphysics）相呼应，二者都是超越了具体表象之后的另一层审视。不过，这种审视往往不但不能揭示出整一的核心本质，反而暴露出完好结构中的内在裂隙。

这种裂隙也是福柯从比利时超现实主义画家马格利特画作《这不是一只烟斗》中发现的。马格利特以此为题的不同版本画作都是画了一只烟斗，并在烟斗下方写下了一行字，"这不是一只烟斗"。可见，"词与物"的关系也是

委拉斯开兹画作《宫娥》

马格利特的兴趣所在。不知是否因为他曾用"词与物"命名在纽约的一次画展,马格利特在1960年代研读了福柯的《词与物》,并把读后感写在给福柯的几次信中。之后,福柯也回借了马格利特的作品标题,写了一篇题为《这不是一只烟斗》的长文(后来也以小册子形式单独出版),论述了马格利特在绘画中如何用跳脱在视像之外的文字貌似阐释了画布上的形象,却瓦解了这个视觉空间。福柯把马格利特的艺术称为"非肯定性艺术",从文字和影像悖论的角度来阐发他自己的"异托邦"(heterotopias)概念。福柯还顺带拉来了另外两位现代艺术大师——打破了语言符号和图像符号之间藩篱的克利和消泯了具象与描摹的康定斯基——马格利特与他们相类比虽然以清晰具体的人像或景物来表达,却在超现实的迷幻中继承了同一个颠覆古典写实的脉络。

马格利特绘画的超现实主义风格是突出的,他在与福

马格利特画作《这不是一只烟斗》

Ceci n'est pas une pipe.

柯的通信中也表示十分乐见福柯把他和早期超现实主义实验作家雷蒙·鲁塞尔（Raymond Roussel）相提并论。在1963年的《雷蒙·鲁塞尔》一书里，福柯精妙地细读和阐述了鲁塞尔的作品，对鲁塞尔作品中的隐喻、沉默、童趣、双关、字谜中揭示的无意识动机给予了特别关注。福柯还曾在访谈中把创立了超现实主义的诗人布勒东描绘成近乎神圣的形象，盛赞布勒东的激进写作中具有抗衡世界甚至摧毁世界的巨大力量。

《雷蒙·鲁塞尔》是福柯唯一一部论述文学的长篇著作，不过在1960年代，福柯还撰写了大量的文章论述文学，或称誉罗伯-格里耶在叙事迷宫里营造的"语言的各种可能性"，或推崇巴塔耶情色写作中富于创造性的违越姿态和萨德侯爵长篇独白中"赤裸裸的欲望"，或用诗一般的语言无保留地颂扬布朗肖（Maurice Blanchot）为"一个真正的存在，远距，闪烁，不可见，是一种必需的

鲁塞尔

命运和无法逃避的法则，是作为尺度的思想强力，宁静而无限"。显然，福柯对文学的兴趣也大多集中在另类的、边缘的和前卫的作家那里。

我们自然就不会惊讶，福柯在一次访谈中曾表示，（文学艺术上的）形式主义比（哲学上的）结构主义对他的影响更大。1961年，福柯在他的巴黎高师博士论文答辩会场介绍他的博士论文《精神病与精神失常》时最后潇洒地总结道："要想谈论精神病，需要有诗人的才华。"而考官之一康吉莱姆（Georges Canguilhem）则回应他说："您正好具备这一点。"不过，这位科学史家康吉莱姆实际上对福柯的诗人才华并不由衷欣赏，他要求福柯收敛一点那种不拘一格的修辞以便合乎学院的规范，可惜福柯并未听从。在《疯癫与文明》最初的前言里，福柯还不无自豪地声称他的写作方法更接近于诗人夏尔（René Char）式的，饱含着"无助的相对主义"和"尤根基的语言"，能通过"剔除了

康吉莱姆

事物为保护我们而出产的幻觉"来抵达真理。

更著名的范例当然是，在《词与物》前言的一开头，福柯便兴致勃勃地引用了博尔赫斯（Jorge Luis Borges）虚构的杂乱无章的中国类书，作为爆破西方文明理性秩序的引信。博尔赫斯的这个段落让福柯忍俊不禁，被他称为是《词与物》一书写作的源头。值得一提的是，福柯的出发点往往来自文学或艺术作品——不仅对于福柯的某一部论著而言，甚至可能对于他整个的思想生涯而言也是如此。福柯在晚年还回忆道，1953 年的一个冬夜，在巴黎的一个昏暗的剧场里，二十六岁的他被贝克特的舞台剧《等待戈多》深深地震撼了。他自认为自己是属于年轻时受到马克思主义、现象学和存在主义影响的那个世代，不过福柯说："对我而言，最初的转捩点便是贝克特的《等待戈多》，一次令人屏息的演出。"不久后，在瑞典工作研究期间，福柯成立了一个法语小剧团，出马执导上演了缪塞（Alfred de Musset）、季洛杜

博尔赫斯

贝克特

（Jean Giraudoux）、阿努伊（Jean Anouilh）等人的戏剧。

尽管福柯在1970年代之后的文章里不再直接论及文学，他对艺术的关注却从未淡漠。福柯晚年还和20世纪最重要的作曲家之一布列兹——他后来以指挥家身份更为公众所知——在蓬皮杜文化中心的杂志上发表有关当代音乐问题的对谈。而早年时，在另一个文化中心——罗瑶蒙修道院（Abbaye de Royaumont）——当时致力于推动和实验前卫音乐的青年音乐家布列兹的独特演奏，以及他在公众场合的犀利言辞，让观众席里的福柯、阿图塞和阿隆等人感到不可思议。日后，福柯成为推荐布列兹进入法兰西学院的发起人，还为纪念"巴黎之秋音乐节"十周年写了题为《关于布列兹》的文章。不过，引人注意的是，福柯在这篇文章一开头就回忆了如何"在大部分时间里通过另一个人的中介来揣测在布列兹那里发生的事"，并且在文章中不断提及这个并未指名却无所不在的人物。

青年时代的布列兹

这"另一个人"就是被福柯誉为"当今最具天才的作曲家之一"的巴拉格（Jean Barraqué）。1952 年，福柯首度结识比他小两岁的巴拉格，当时巴拉格和布列兹同属那个实验序列音乐的作曲家群体。福柯和巴拉格之间最初的友情不久就发展成了炽烈的同性恋情。毋庸置疑，生活中的感性体验也赋予了福柯理论的感性基础。福柯在此后两三年期间同巴拉格交往的细节依然是谜一般的存在，不过，至少福柯承认，布列兹和巴拉格的序列音乐使他发现了相应于理论上的形式主义和结构主义的艺术表现形态。他哀叹传统观念总是把关注点放在"意义的重要、生命经验、主题、社会意涵"等方面，而正是现代音乐中"有关形式的长期作战"给了福柯的理论思考以创造性的灵感。福柯在《词与物》等主要论著中对于表现模式、话语模式的强调就是明证。

巴拉格

德里达

撒播意义的踪迹

德里达（Jacques Derrida），1930～2004

写作的行为，或写作的经验，正是德里达理论中"踪迹"概念的最佳体现。

Who Was Jacques Derrida?

AN INTELLECTUAL BIOGRAPHY

DAVID MIKICS

"文本之外，什么都没有"，这可能是德里达最受争议的名言了。德里达还无所顾忌地将哲学文字写成了文学语言，因为在他的思想里，文学所占据的地位的确是至关重要的。写作的行为，或写作的经验，正是德里达理论中"踪迹"概念的最佳体现，文学写作的过程便是消除原初印记，消除作者在场的"延异"（différance）过程。

在青少年时代，德里达在学业和健康上经受了种种挫折，而对他最重要的，是他私藏着的一本日志，其中写满了模仿文学大师——包括卢梭（Jean-Jacques Rousseau）、纪德、尼采（Friedrich Nietzsche）、瓦雷里（Paul Valéry）、加缪等——作品的文字。他对这些作家的兴趣大多在于他们的自白或忏悔类作品，像卢梭的《忏悔录》和《一个孤独散步者的遐想》，纪德的《日记》《窄门》和《背德者》。同时，他自己也尝试文学创作，在一些小型的北非文学杂志上发表诗作，但德里达后来自认为这些作品写得很糟。

纪德小说《地粮》

André Gide
LES nourritures
terrestres
suivi de Les nouvelles nourritures

青年德里达的偶像是纪德，他甚至可以大段背诵纪德的作品，比如影响他最深的散文长诗《地粮》，因为纪德曾经造访过德里达出生和成长的土地——阿尔及利亚。德里达承认他早年也从萨特（Jean-Paul Sartre）的文章《什么是文学？》中学到了很多东西（尽管他后来对萨特始终保持思想上的距离），而"什么是文学？"这个问题也是德里达本人长期思考的中心问题。在那个时期，德里达在文学与哲学之间摇摆不定，两者都不愿放弃——这也是他对尼采特别钟情的原因，因为尼采是使用第一人称的哲学家。

反体制或反体系，无疑是德里达思想极为重要的出发点，他把文学看作是家庭的终结，社会的终结。在德里达日后对文学的阐述中，我们可以看到他所关注的往往是那些创作实验文本的作家，包括马拉美、乔伊斯、卡夫卡、策兰、阿尔托、布朗肖、蓬热（Francis Ponge）、热内（Jean

纪德

尼采

Genet）等。德里达说，这些反传统的现代主义者都是铭记着对文学自身批判经验的作家。比如，他在马拉美的诗中看到一种"间隔"的使用，迫使读者聚焦在语言的特质上，而不是将语言减缩为意义、意图或指涉。而在意义之间或形式与内容之间的不稳定或无法确定的关系正是德里达试图从马拉美的文本中揭示出来的语言逻辑。德里达强调了在马拉美诗歌中的"居间"特性，因为文学的内在作用与外在世界之间明确的同一关系被抹去了，马拉美的独特句法抵制了读者对于单一、清晰意义的追寻。他也用 hymen 一词来说明这种"居间"，这个词在法语中所同时包含的"婚姻"和"童贞"的双重意味比起英语中仅仅意指"处女膜"要含混得多。

除了马拉美之外，德里达在诗的领域最热衷谈论的是策兰和蓬热。他注意到同样为犹太人的策兰诗中的"密语"（shibboleth），包括专属空间和时间的命名、割礼、

马拉美

灰烬……有如对于身体的割入，"密语"的武断记号便具有了决定性、区隔性和辨识性。在蓬热的诗里，德里达一方面读到了一种反抗社会压抑的原创性——有关语言反思和反讽、寓言的原创，另一方面也读到一种崩溃，而这种崩溃对个性签名和专有名称的存在而言既是必要的前提，又不至于被简化为某种纯粹的本真。

1981 年，德里达参与创建了杨·胡斯（Jan Hus）协会，目的是支持和声援那些在共产主义的捷克斯洛伐克受迫害的异见知识分子。同年，德里达旅行到捷克斯洛伐克从事与协会相关的事务，随即遭到捷克当局的逮捕，但罪名并无关政治，而是走私毒品。德里达被拘禁了 24 个小时，其中有 8 小时的恐怖审讯，随即由丁当时的总统密特朗和一大批法国知识分子的抗议和干预，德里达被驱逐出境。德里达后来回忆说，那些毒品可能是在他造访卡夫卡墓地的时候被放进他的手提箱的。他的律师笑言，他的遭遇就像是卡夫卡的小说。回来后，德里达写了一篇题为《在法的门前》的文章，论述捷克人卡夫卡的小说《审判》中的一则同名寓言《在法的门前》，但并没有做任何简单的政治控诉。相反，他把律法与法则联系在一起，二者都是充满内在罅隙的。在德里达看来，文学既依赖又质疑了法（则），而法自身，当然只能理解为自我矛盾的，结构上具有"延异"特性的某种"文学"，那么"在法的门前"也就在一定程度上意味着"在文学的门前"。

德里达从在哈佛就学期间开始研读乔伊斯，并且自此就一直对乔伊斯情有独钟，甚至从某种程度上是在乔伊斯的影响下从事自己的写作，有学者认为解构主义是对意义和理念的乔伊斯式的建构。在分析乔伊斯《尤利西斯》时，德里达用肯定性的"是"的观念来解释延异、附录、踪迹、再标记、处女膜等解构主义的主要概念，因为"是"——或"我在此"——总是一种先于"我"发声的肯定因素，起着中转或替身的作用来切割时空——这正是《尤利西斯》结尾处莫莉的戏剧化独白所展示的。另一位德里达极为关注的现代主义者是剧作家阿尔托，因为阿尔

残酷戏剧倡导者阿尔托

乔伊斯《尤利西斯》手稿

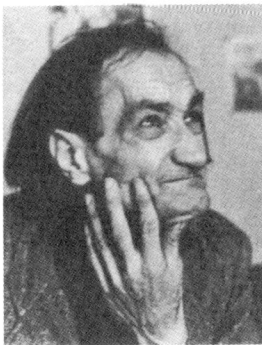

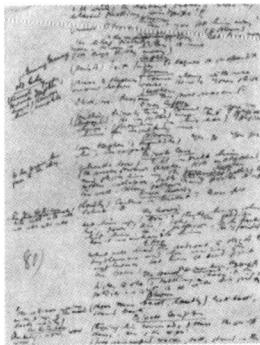

托的残酷戏剧摧毁了传统表演和再现的戏剧美学，颠覆了逻各斯（Logos）中心主义和语音中心主义，从而肯定了生命对于逻辑与理性的优先。

德里达艺术观念往往和他的政治倾向不可分割。1980年代早期，德里达参与创办了"艺术反对种族隔离"展览，并且倡议了成立"反种族隔离文化基金会"。而在大多数情况下，德里达的政治意识是通过精妙的美学阐述来表达的。在《绘画中的真理》一书里，德里达以解构的视角来观察视觉艺术，颠覆了作品本身（ergon）的内在性，彰显了"附饰"（parergon）的关键意义：那些具有外在性的附属物，如外框、大厅的廊柱、雕像上的披挂，甚至签名、标题等，表面上是装饰性的补充，却通过包围作品的中心或内在性，形成了更具有延异特性的元素。

德里达对梵·高那幅名画《鞋》的诠释与海德格尔的解读形成了鲜明的对照。根据艺术史家夏皮罗（Meyer

德里达《绘画中的真理》

Shapiro）考证，海德格尔将梵·高所画的自己的鞋误当成了农妇的鞋，而德里达则认为梵·高所画的鞋子并没有明确的归属，鞋的意义是在悬置、失落、撒播的过程中不断游移的。并且，德里达认为严格来说那不是一双鞋，只是两只鞋，准确而言是两只左脚鞋；而未系的鞋带和松垮的鞋面也表明了意义的松弛和含混，解构了鞋自身的精确价值。这便是德里达始终一贯秉持的策略：解放一切被束缚的意义，让世界无保留地敞开其艺术化的多样面貌。

鲍德里亚

迷失在拟仿现实中

鲍德里亚（Jean Baudrillard），1929 - 2007

在鲍德里亚的视野里，每当艺术化的拟仿变得如此逼真，真实便只能呈现拟仿的功能。

JEAN BAUDRILLARD

In Radical Uncertainty

Mike Gane

1981 年，鲍德里亚访问日本时，有人送了他一台照相机，他便在回家的旅途中从飞机上拍了几张照，摆弄起这个新玩具来。不料，鲍德里亚从此开始了他的摄影家生涯。虽然他在很长一段时间内，只有一台自动对焦的照相机，但却一发不可收拾地办起了多次摄影展。鲍德里亚把摄影看作是一种"行旅"或"行为"，他总是在街上行走时拍下所见的景观。鲍德里亚坚持说，在他的摄影里，主体是缺席的，他所呈现的是一种空洞的形式。在他看来，在这种纯粹形式下的摄影是寓言的一个变体。鲍德里亚对这种机器制作的可复制的艺术样式有着特别的癖好，当然是跟他的"拟像"（simulacre）与"拟仿"（simulation）理论密切相关：我们所处的当代便是"拟像"的最后一个阶段——"拟仿"阶段——在今日的现实，一切都成为"过度现实"（l'hyperréel），我们就只能生活在这样比真实还真实的美学幻觉里。在尼采宣告"上帝死了"，罗兰·巴特宣告"作者死了"之后，鲍德里亚声称"艺术死了"本不足为奇。但那些长期支持他的艺术评论家们却感到震惊和愤怒，责怪他过河拆桥，以怨报德。

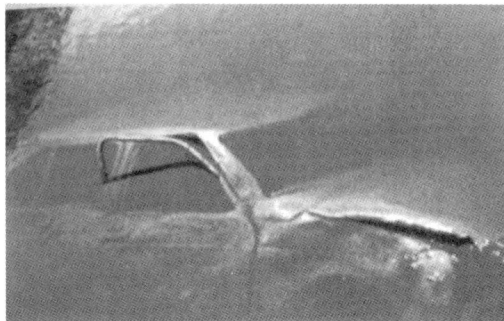

鲍德里亚摄影作品 *Saint Clément*

鲍德里亚摄影作品 *Salins*

鲍德里亚最崇尚的艺术家无疑是安迪·沃霍尔（Andy Warhol），因为沃霍尔展示了一个可以不断拟仿的世界，艺术只是再生产的机器，机器也仅仅是符号，那么当然沃霍尔本身就是一架机器，他把形象的想象功能去除掉，转化成纯粹的视像产品。沃霍尔画的金宝（Campbell's）番茄汤罐头是要废除美和丑的问题，真实和再现的问题，以及超越和内在的问题。鲍德里亚把这样的美学倾向称为超美学（transaesthetics），因为美学形式与一切对象都不可分割，一切的符号都可呈现为美学符号。在这样的思路下，艺术作品的真迹和赝品的区别也就不复存在——对于鲍德里亚而言，"当你从所谓'真正的'蒙德里安那里解放出来之后，你就可以自由地生产比蒙德里安更加蒙德里安的一种蒙德里安了"。

除了沃霍尔之外，杜尚也是鲍德里亚经常提起的一个名字，是艺术史上另一个至为关键的精神枢纽。鲍德

沃霍尔

里亚视之为沃霍尔的先驱，视之为以形象平庸为特征的超美学时代的开创者。杜尚的现成品达到了某种鲍德里亚所称的"赤裸的完美"，那件著名的便器《泉》对鲍德里亚来说是我们现代过度现实的最佳表征，粗暴地将诗意的幻觉转换成物件的现实，这个物件被切断了所有可能的隐喻，而这种现成品如今已经淹没了我们整个的世界和生活。

在《泉》这个物体中，杜尚也消泯了艺术家自身。鲍德里亚把20世纪以来艺术的对象看成脱离了人的阴影的独立元素，比如立体主义就以空间的形态来统摄其对象，而在达达和超现实主义那里被扭曲的艺术对象又随之被抽象艺术所摧毁。不过，在当今的波普艺术中，艺术对象与它们的形象自身又重新获得了一种调和。那么，鲍德里亚热切推崇波普艺术也就不足为奇了，因为波普艺术与工业生产的序列化产品是同构的，与整个环境的

沃霍尔的作品《玛丽莲·梦露》

人造痕迹和特性是相符的。波普艺术终结了创造者，终结了对世界的颠覆，终结了灵界的召唤，而彻底整合到了世界中去。鲍德里亚把波普艺术看成是艺术史上的转掠点，艺术仅仅成为日常世界上的符号——特别是消费社会符号——的再生产。

照鲍德里亚自己的回忆，他和大多数年轻人一样，在二十岁出头时，兴趣不在理论，而在于诗歌和文艺。他热切阅读的是兰波（Arthur Rimbaud）、阿尔托、荷尔德林、克洛索夫斯基（Pierre Klossowski）等。鲍德里亚早年的专业是德语文学，1960年代初期到中期当高中老师期间，撰写了不少文学评论，还翻译了德国作家怀斯（Peter Weiss）、布莱希特等人的作品。鲍德里亚曾经极为迷恋19世纪末的法国作家雅里（Alfred Jarry），雅里在小说中发明了"用想象来解决一切问题"的伪科学，并称之为"形丧学"（'pataphysics），那是对形上学

杜尚

杜尚的《泉》

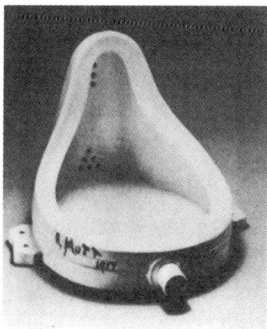

（metaphysics）的一次胡闹的戏仿。雅里作品中的荒谬、亵渎、幻象……也是鲍德里亚的世界 / 视界里最显见的特性。鲍德里亚把"形丧学"比成轮胎上的一根钉子，它实际上比起过度现实、荒诞、非理性等概念更为激进，标志着现实的终结——现实已经不再可能，也许当今的拟仿社会本身就是一次形丧学的绝佳实践。鲍德里亚将雅里的剧本《愚比王》（*Ubu Roi*）里的人物 Ubu 看作是典型的"形丧学家"，一个漫画式的、狂喜的、轻浮的、污秽的、虚夸的形象，是用一声响屁来吹灭所有灯笼火焰的人。愚比王的形象似乎也相应地吹破由虚幻社会空间所建立的拟像世界的鲍德里亚自己。鲍德里亚在年轻的时候就撰写过关于《愚比王》的文章，而与此同时又深受阿尔托戏剧的吸引，用他自己的话说，是"撕扯在两极之间"。鲍德里亚盛赞阿尔托逼迫我们对艺术创造，对切入世界的方式进行重新估价，因为阿尔托将艺术

雅里

（戏剧）看作是把观众带入一种仪式化的迷醉，直接改变接受者的机体和意识。相对于形丧学的犬儒主义，阿尔托对于鲍德里亚的积极意义在于他的理想主义，在于他仍然相信某一天的一次徒劳射精可能产生一尾具有真实毒性的精虫——如果说雅里在自身中埋葬了自己，而阿尔托则不断试图从自身中爆破出来。

　　鲍德里亚对科幻小说的关注也无法脱离于他的理论思考。他尤其推崇在中国出生长大的英国作家巴拉德（J. G. Ballard，电影《太阳帝国》即改编自他的小说原著）的《撞车》，视之为第一部有关"拟仿世界"的伟大小说——小说中的"过度现实"将现实和虚构一同驱逐出去了。因

《愚比王》首演海报（1896）

此，在鲍德里亚看来，这里的科幻已经不再是科幻，而是当今世界本身。另一方面，鲍德里亚不无反讽地在科波拉（Francis Ford Coppola）的越战片《现代启示录》里看到了一种特效的、机器驱动的非批判性战争符号（比如瓦格纳歌剧《女武神》伴奏下的美军直升机对越南村庄的灭绝性扫荡）：作为越南战争的一部分，这部影片的全球性凯旋扭转了美军在越南的惨败，电影的力量胜过了五角大楼的力量，它使得越战本身似乎从未发生，而只不过是一场充满汽油弹和热带雨林的巴洛克式梦幻。同样，鲍德里亚把法国著名的电视（窥隐/窥淫）真人秀《阁楼故事》看作是真实世界的媒体幻象，而法国作家、艺评家米叶（Catherine Millet）那部自述手淫和群交的性爱自传《凯萨琳·M.的性爱生活》则是真实性行为的虚构幻想，其中性爱仅仅实现为某种协定好的功能形态，不再具有任何性

巴拉德小说《撞车》

感的因素。在鲍德里亚的视野里，每当艺术化的拟仿变得如此逼真，真实便只能呈现拟仿的功能；反之亦然，既然我们生活在拟仿化的世界，只有拟仿的现实才是我们最深刻的、唯一的真实。

米叶小说《凯萨琳·M. 的性爱生活》

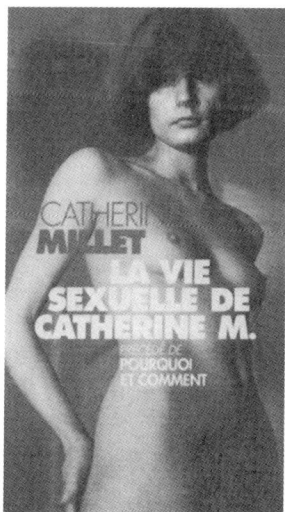

克里斯蒂娃

语言世界中的贱斥、忧郁与颠覆

克里斯蒂娃（Julia Kristeva），1941～

在克里斯蒂娃看来，贱斥文学是狂欢文学发展到极致的产物，表现出痉挛、厌倦、恶心、弃绝、憎恨的感受。

POWERS OF HORROR

An Essay on Abjection

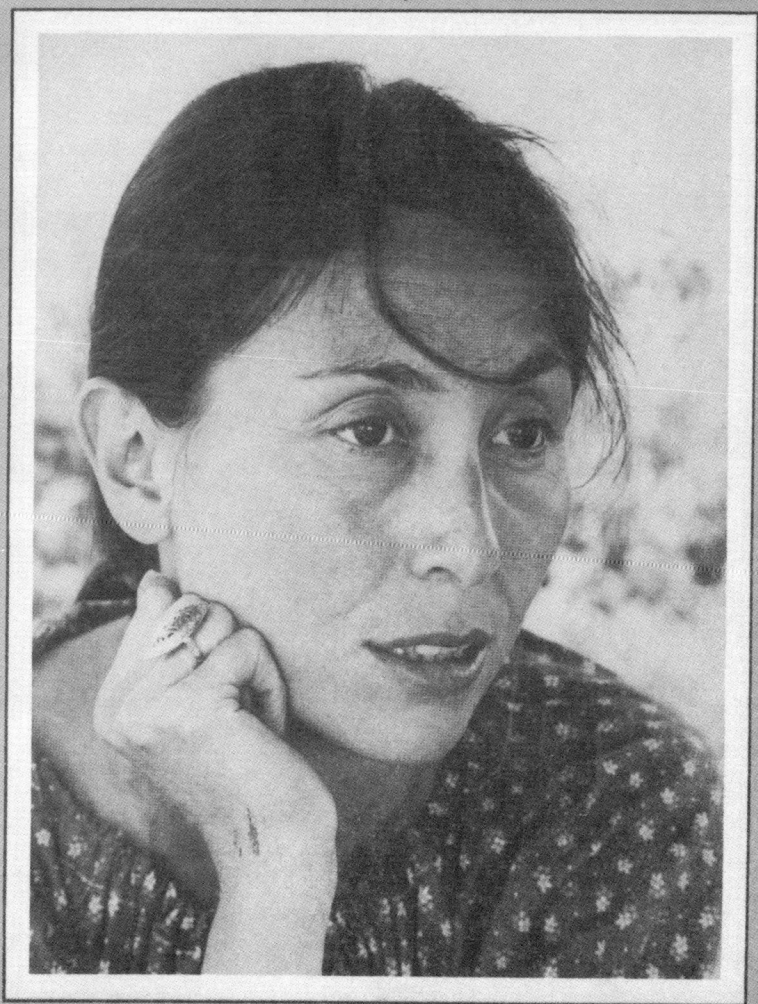

在她的半自传体小说《武士们》中，克里斯蒂娃描述了她在二十多岁时的一个圣诞前夜口袋里揣着五美金从保加利亚来到法国巴黎的情景。来自东欧的生活和文化背景，使她对马克思主义、俄国形式主义、巴赫金（Mikhail Bakhtin）等文化思潮有着更深入的了解。她最早向西方世界介绍了巴赫金的对话论、狂欢、众声喧哗……然后从狂欢的概念发展出有关"梅尼普"（Menippean）讽刺话语的理论：梅尼普类型的文本具有严肃狂欢的悲喜剧特性，从古罗马的文学作品一直贮藏到现代的卡夫卡、乔伊斯和巴塔耶的小说里，具有强烈的颠覆力量。比如，对克里斯蒂娃来说，乔伊斯作品中宗教、国族、文化、风格的多样性正体现了她倡导的多声（polyphonic）文学。

这种具有狂欢性的文学写作也是克里斯蒂娃在罗特列亚蒙（Comte de Lautréamont）的诗里读到的——对语言指涉的异质效果引起了笑声，笑声的爆发是语言的整 ·性断

雅里　　　克里斯蒂娃小说《武士们》

裂的征兆，因而也通过打破符号的禁制，冒着疯狂和死亡的风险，形成对无上万能造物主的挑战。波德莱尔的诗则把艺术与淫荡、肉体与死亡、魔鬼与上帝、腐败与芬芳联结在一起。克里斯蒂娃还强调了波德莱尔作为一个符号的存在，而符号所规划的边界一方面是无限，另一方面也是无限的废墟，换句话说，构建了无限也就构建了虚无。克里斯蒂娃对诗的思考充满了对语言符号法则的不信任：马拉美的诗对她而言同样是用一种随机的行为，通过语言构成和句法上的拒绝与否定，使诗的意义终止于对诗的恨意。正是在这种意指过程的游戏中，马拉美以一种非政治的姿态击溃了社会秩序所依赖的那个逻辑体系，成为西方先锋派文学的先行者。

在她阅读普鲁斯特时，符号学家克里斯蒂娃依然关注句法的问题，从句法中去感受编织时间的欢乐。克里斯蒂娃在论述普鲁斯特的巨著《追忆似水年华》里也用

罗特列亚蒙

了相当的篇幅来讨论隐喻，正是隐喻意义上的视景使得普鲁斯特的风格将抽象的词语融入了肉体、感性和情感经验，并且从物体本身发现了它与人的亲密关系，但也是从哪怕是转瞬即逝的感受中体味到的——比如在那个著名的小玛德莲娜蛋糕的片段里。乔伊斯是另一个对于克里斯蒂娃来说举足轻重的文学巨擘，一部分隐秘的原因在于她的丈夫——小说家索莱尔斯（Philippe Sollers）——是乔伊斯的热切追随者，翻译过《芬尼根的守灵夜》的片段，甚至把乔伊斯的风格和词语糅合进自己的作品里。克里斯蒂娃将《尤利西斯》结尾处莫莉的独白看作是从全书唯一一处女性视角出发，表达出癔症身体对语言的逃逸，对意义的逃逸。

不仅文字是符号，视觉和听觉艺术——音乐、绘画、摄影、电影等——当然也同样是由符号构成的，在这方面，她盛赞法国作曲家布列兹对音乐语言的精妙认知。在克里斯蒂娃看来，如果说普通语言还具有交流的功能，音乐语言就更远离了意义传递的原则。塞尚以来的现代艺术，尤其是杜尚和达达主义，则超越了图像符码的文本意义，而使视觉符号穿透到物体本身中，重新建立起图像与其对象之间的关系。

以女性主义的角度来看，克里斯蒂娃也发掘了女作家尤其是自杀女作家和女诗人对词语和意义的幻灭——当词语的港湾都无法安全的时候，死亡就迫近了。伍尔芙（Virginia Woolf）被声音、波浪、光芒和色彩所迷惑，茨维塔耶娃（Marina Tsvetaeva）试图表达超越意义束缚的声音，普拉斯（Sylvia Plath）同样在韵律和声音里找到了避难所。失去了符号秩序（父法）的堤坝，女性陷入了精神变异或自杀。这种源于语言的痛苦在男性作家那里也无法避免，因为根本的语言就是去势的语言。克里斯蒂娃由此称阿尔托是处在精神病和反叛者之间的人，他的文本表现出被尸体覆盖的肉身，一种典型的贱斥感。

在克里斯蒂娃文学观里，"贱斥"（abjection）的概念无疑占据了核心的地位。而塞利纳（Louis-Ferdinand

| 伍尔芙 | 茨维塔耶娃 | 普拉斯 |

Céline）则是被克里斯蒂娃视为最重要的表达贱斥感的作家。在克里斯蒂娃看来，贱斥文学是狂欢文学发展到极致的产物，表现出痉挛、厌倦、恶心、弃绝、憎恨的感受。塞利纳那种恐怖而痛苦的叙事去除了修饰，赤裸裸地呈现出创伤、腐烂、疾病。但是，克里斯蒂娃谈论的往往也是塞利纳作品中"刺耳的笑声""欢快的笑声""末日的笑声"，与暴力、战争和死亡相对照。克里斯蒂娃从塞利纳谵妄、眩晕的叙事中读到了这种混合了痛感和快感的绝爽体验。这种无法被超越的贱斥感也体现在语句断裂和句法省略上，体现为受扭曲、受折磨的语词，从修辞和风格上打碎了线性，充满了突闪、谜团、纠结和切割……

绝望和忧郁的主题，贯穿了克里斯蒂娃对艺术的思考。她从霍尔班的绘画《坟里的基督尸身》中看到了基督肉身在棺木里的一种绝对腐朽，一种信仰的寂灭。她

塞利纳

迷恋于法国诗人奈瓦尔（Gérard de Nerval）的诗意隐喻——想象中同时散发着黑暗与光明的"黑太阳"，杜拉斯（Marguerite Duras）作品中病态的哀伤，还有陀思妥耶夫斯基（Fyodor Dostoyevsky）小说里的创痛和宽恕，以及巴塔耶作品里对神圣和死亡、情色与献祭的隐喻。

在她数十年的思想生涯中，克里斯蒂娃对文学的书写本身也越来越文学化。在 1985 年的一次访谈时，她被问到理论写作的文学风格问题，还被问到是否将来会考虑写小说——克里斯蒂娃的回答是：目前没想过，以后谁知道呢。不知是否因为这个问题的启发，她数年后动笔写起了小说，而且一发不可收拾，近十几年来创作出版了五部叙事文学作品。克里斯蒂娃小说中的不少人物带有自传的影子，但她似乎颇不满批评家仅仅把注意力集中在故事的原型上。在表面上，这些小说大多是探案类，但细心的读者不难发现克里斯蒂娃的理论思想浸染在她的小说里，比如

奈瓦尔

小说《占有》不仅有自传的因素，也试图以寓言的方式探讨忧郁、恐惧等深层主题，许多方面继承了陀思妥耶夫斯基的传统。可以看出，克里斯蒂娃不仅用理论，也用她自己的文学实践展示了忧郁美学。

杜拉斯

齐泽克
变态影迷

齐泽克（Slavoj Žižek），1949～

电影中的幻想、变态和性是萦绕在齐泽克著作中的主题魅影，也确是精神分析反复处理的核心。

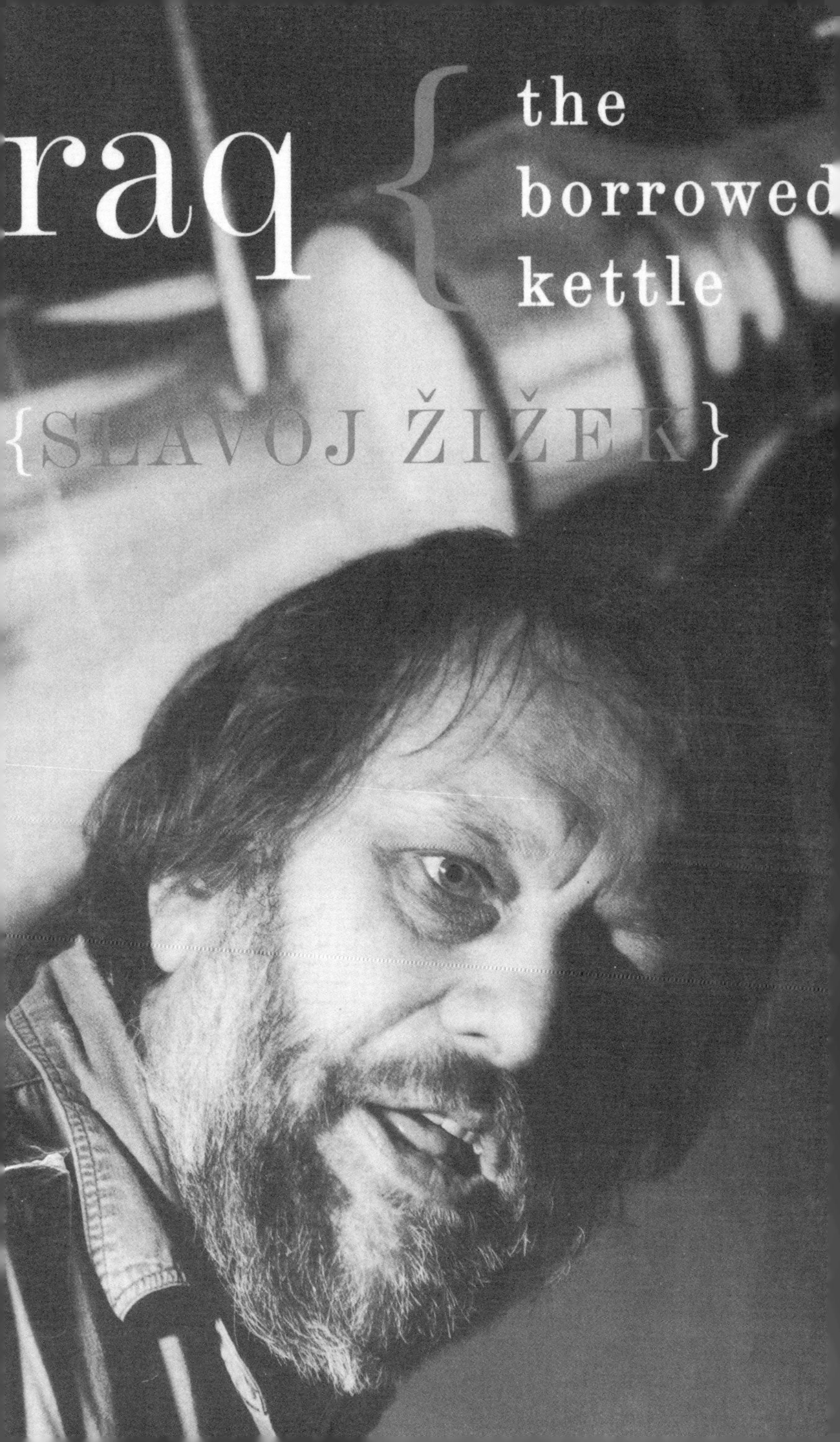
raq
the
borrowed
kettle
{SLAVOJ ŽIŽEK}

如果你在某盒影碟的封面上看到蓝色的水面波光粼粼，齐泽克正坐在一艘摩托艇上整装待发，千万不要以为这是一部拍摄这位理论家捕鱼或游艇休闲生活的纪录片。当然，对于熟悉希区柯克（Alfred Hitchcock）电影《鸟》的观众而言，一眼便会认出这艘摩托艇正是女主角梅兰妮驶回时，遭海鸥袭击时坐的那一艘。在这部题为《变态者观影指南》的近两个半小时的影碟里，齐泽克用舌音浓重的斯拉夫式英文解说了 42 部电影的片段，可以说几乎汇聚了他毕生观影经验和理论心得的精华。当然，齐泽克的解读是严格意义上精神分析式的。比如，他把另一部希区柯克的名片《惊魂记》中的恐怖旅店看成是由弗洛伊德所说的本我、自我、超我所分割成的三层楼：阁楼是"超我"（superego）的领地，主人公诺曼再造了一个发号施令的权威母亲；一楼是"自我"（ego）活动的场域，诺曼以常人的样态生活在常人的社会中；而地窖则是"本我"（id）的所在，诺曼积聚了被压抑的、不可告人的欲望。齐泽克坐在希区柯克的地窖里，阴森地说出了弗洛伊德的真理。

尽管书写对于多产的齐泽克来说同样可以滔滔不绝，但他也像他的精神先驱拉康一样热衷于演讲——只是齐泽克像机关枪一样喋喋不休的演讲风格迥异于拉康那种教主式的惜字如金。齐泽克对自己在演讲时舞动不止的神经质手势——外加强制重复的捏鼻、擦额、捋发、摸脸、揉眼——颇为苦恼，但却无力改变。对于一个拉康主义者而言，"我"无疑是分裂的——是他人操纵了"我"最核心的部分。于是齐泽克得以继续像木偶一样手之舞之，似乎这一切都可以归结（归咎）为他人的作为。可见，齐泽克十分明了自己的"变态者"身份，因为变态者是一个借他人的欲望为行动目的的人，他的所有的快感都依赖于满足他人的快感。在某种程度上，齐泽克不也是在不断努力满足拉康、黑格尔或者马克思的快感吗？

齐泽克在他早已等身的理论著作中所深入探讨或广泛涉及的艺术问题也包括音乐（瓦格纳、舒曼、肖斯塔科维奇〔Dmitri Shostakovich〕……）、诗（华兹华斯〔William Wordsworth〕……）、小说（卡夫卡……）和戏剧（布莱希特……），不过，他最投入和迷恋的无疑是电影，无论是欧美的现代主义艺术片，还是好莱坞的商业片，抑或苏联的政治宣传片。在齐泽克的著作中至少有三四本直接与电影相关：《享受你的症状》和《斜目而视》通过种种电影的实例来诠释拉康理论，《真实眼泪的恐惧》系统阐述波兰导演基耶斯洛夫斯基（Krzysztof Kieślowski）的电影美学，还有一本薄薄的《荒谬崇高的艺术》专论美国导演大卫·林奇（David Lynch）的影片《妖夜荒踪》。在他几乎所有其他著作中，齐泽克都善于信手拈来各类电影片段，似乎电影可以比现实更能够体现理论的冲击力。比如从林奇《我心狂野》的一个场景，从丑陋的达福逼迫美女邓恩说出"干我！"的请求后，潇洒地丢下一句"改天一定奉陪，今天我可得先走了！"的言辞中，齐泽克看到了对象征性屈辱的表达：幻想中的强暴被激发和丢弃，是符号层面上更椎心的侮辱。

电影中的幻想、变态和性是萦绕在齐泽克著作中的主题魅影，也确是精神分析反复处理的核心。另一部齐泽克颇爱谈论的电影是丹麦导演拉斯·冯·提尔（Lars von Trier）的《破浪》，影片中的男主角由于瘫痪无法行房，从而恳求妻子去找别的男人交欢，然后把过程和细节详述给他，他才能由此获得快感。齐泽克从中挖掘了拉康所论述的快感的性别差异，把男性的（幻想的、以阳具符号及其阉割为核心的）自慰快感和女性的（与陌生人交合才能从自己男人那里获得的）他人快感做了充分的阐发。

从根本上来说，电影就是一种幻想的形式。而从影碟上看电影，无异于是对幻想的幻想式实现。按齐泽克自己的说法，他常常一边看影碟，一边听音乐，一边写文章。视觉的幻想、听觉的幻想和思辨的幻想交织在一起，不知幻化出怎样的幻景。电影，一方面可以当成文章的佐餐，一方面也可以当作论述的作料——没有什么比电影元素更适合把抽象的理论议题化为可感的具体事件了。为了阐明符号结构的必然缺憾，齐泽克把希区柯克奉为后结构主义的范例——难怪他编的一本文集题为《你想知晓的所有拉康，又不敢问希区柯克的》——听上去，理论家似乎还只是电影的阐释者。不过，他在论著中借助《美人计》和《电话情杀案》中的钥匙、《心声疑影》和《后窗》中的戒指、《火车怪客》中的打火机，无非是来图解貌似完美的现实结构中所无法掩盖的某种不可能的，迫使这个符号秩序——即我们所感知的现实——瓦解失败的残余或残迹。

齐泽克试图揭示的是，我们所熟悉的仿佛完美的符号秩序无法彻底掩盖隐藏在下层的所谓真实域。他从林奇的电影《蓝丝绒》开头的场景中发现的是，倾倒的沉重躯体震醒了整洁的资产阶级花园草丛底下蜂拥而出的阴暗虫豸。有时，这个恐怖的真实域也以凝视——物体或客体之回眸——的形态显示出来，比如希区柯克的《惊魂记》和科波拉的《对话》中黑黢黢的浴缸下水口——它深藏着杀戮的血腥。

当然，齐泽克不只是弗洛伊德和拉康的附魂，也是黑格尔和马克思的附魂。熟谙辩证法的齐泽克最擅长的自然是从正面看到背面或者从背面看到正面，来揭示电影中的意识形态功能。对于好莱坞意识形态中的保守面，

齐泽克编纂的文集《你想知晓的所有拉康，又不敢问希区柯克的》

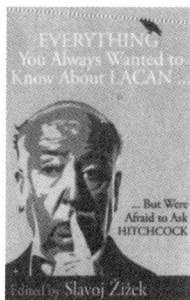

齐泽克向来不乏批判的锋芒。比如他以电影《音乐之声》为例，带领我们通过深入解析来穿越影片的表面信息：电影中反法西斯的奥地利人都被按照纳粹的理念塑造成了干净的、规矩的形象，而德国法西斯分子则被塑造成堕落的、颓废的，近乎纳粹漫画中的犹太人形象。也就是说，表面上的反法西斯故事传递了隐含的法西斯主义意识形态。

另一方面，真正的历史性不是体现在善恶角力的历史主义轨道上，而是处在历史主义失效的节点上。正是在这个意义上，齐泽克盛赞贾樟柯的电影《三峡好人》所呈现的倾圮、荒凉、忧郁之下的历史生命，那种本雅明所说的，文明在被自然侵蚀亦即消逝过程中所体现的历史性。这种颓败有如齐泽克在塔可夫斯基（Andrei Tarkovsky）的影片《潜行者》里看到的，时间之流的慵懒和颓败中所蕴含的强度。那些水底沉积的时间的象征物，让我们从那些锈蚀、废弃和腐烂的世界里看到精神的力量。齐泽克在这里强调的其实是一种凝结在艺术电影中的形式力量，这种形式可以使所谓的意义变得次要。就如同他从伯格曼

（Ingmar Bergman）的电影《假面》里，护士回忆性爱场景时没有影像闪回的纯粹叙述中，捕捉到他称为电影史上最情色的片段，甚至比任何 A 片都要更具挑逗意味。通过对电影形式意涵的深入剖析，齐泽克探究的是不同的表现如何揭示心理与历史的复杂面貌。